【美】艾伦·德杰尼勒斯 著 康乔 译

真的逗你玩

SERIOUSLY I'M KIDDING

ELLEN

DEGENERES

华夏出版社
HUAXIA PUBLISHING HOUSE

图书在版编目（CIP）数据

真的……逗你玩/（美）德杰尼勒斯著；康乔译. —北京：华
夏出版社，2014.4
书名原文：Seriously……I'm kidding
ISBN 978-7-5080-8051-2

Ⅰ. ①真… Ⅱ. ①德… ②康… Ⅲ. ①随笔－作品集－美国
－现代 Ⅳ. ①I712.65

中国版本图书馆 CIP 数据核字(2014)第 051315 号

Seriously...I'm kidding/ by Ellen DeGeneres / ISBN:978-0-446-58504-0
Copyright © 2011 by Crazy Monkey,Inc.

This edition published by arrangement with Grand Central Publishing,
New York, New York, USA. All rights reserved.

真的……逗你玩

作　　者	[美]艾伦·德杰尼勒斯	译　者	康　乔
责任编辑	褚朔维　罗　庆		

出版发行　**华夏出版社**
经　　销　新华书店
印　　刷　中青印刷厂
装　　订　三河市李旗庄少明印装厂
版　　次　2014 年 4 月北京第 1 版
　　　　　2014 年 6 月北京第 1 次印刷
开　　本　880×1230　1/32 开
印　　张　8
字　　数　100 千字
定　　价　32.00 元

华夏出版社　地址：北京市东直门外香河园北里 4 号　邮编：100028
　　　　　　　网址：www.hxph.com.cn　电话：（010）64663331（转）
若发现本版图书有印装质量问题，请与我社营销中心联系调换。

目　　录

鸣　　谢

　　一口气列出所有对我重要的人确实是个挑战,这些都是我要感谢的人。我本想按照字母顺序排列,但这样会把凯瑟琳·泽塔琼斯排到最后,对她实在太不公平。后来我想,也许可以按照高矮胖瘦排列,但是似乎也不太合理。接着我决定按照智商,从最聪明的排到最笨的。不,没有的事。其实这个名单并没有分先后顺序。排在第一位的不一定代表这个人最重要,但也不说明他不是最重要的。我对大家都心存感激。

　　接下来,在没有排序的情况下,我想感谢:

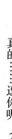

我母亲、我父亲、我哥、克雷·帕鲁塔、艾迪·亚布兰斯、艾斯特·纽伯格、德比·富安特、埃里克·高德、卡里·温格顿、哈雷·纽曼、凯文·约恩、希拉里·艾斯特·麦克娄福林、戴维·麦克伽尔、艾德·葛雷文、玛丽·康纳利、安迪·拉斯纳、劳伦·帕马兰兹、凯文·雷门、杰森·杰勒斯，以及所有给我的脱口秀写稿子的人。

尽管我前面提到，这个名单并非按照特殊顺序排列，但我还是要感谢我生命中最最重要的人——我老婆,波西娅。

感谢各位。

致 读 者

我最最亲爱的读者朋友们：

　　大家好。你们都好吗？太好啦。听着，我想感谢你买了我的书。我们现在就要开始一段精彩的旅程——它将会是一段很特别的、很不一样的经历。我知道你们很多人平时都看我的脱口秀，但是通过书来交流能获得不太一样的感受。脱口秀上我可以跟你们说说我每天忙些什么、想些什么，但是在书里，要是我还跟你们聊聊这些，那就算了，我就别浪费时间在这里比较了。

　　我猜你们中有很多人都在想，艾伦（或者"E"，完全取决你跟我的熟悉度）你之前那两本极其成功的巨著不是已经足

以证明自己的实力了吗，为什么还要再多写一本呢？事实上，自我上一本书出版至今，这之间又相继发生了许多事：我结婚了；我开始主持自己的电视节目；我的唱片公司开张了；我化身为封面女郎；我赢得了学术奖；①我赢了波士顿马拉松大赛；②我开始积攒肥料堆；③我还被英国女皇封为爵士。④

近几年经历的这一切，我都希望能和大家一起分享。所以请你们找个时间坐下来，放松，尽情畅读我为你们拼凑出的这本结晶，当中不会再有未起的石头、未开的门、未砸碎的玻璃、未吸尘的地毯、未挠完的痒痒。我的意思是，还等什么，咱们赶紧开始吧！

---

① 本书印刷期间无法确认。

② 本书印刷期间无法确认具体比赛内容以及是否参与。

③ 在邻居后院举办的，别传出去。

④ 本书印刷期间，我被告知这是绝对不可能的。但你知道我说了什么？读者朋友们注意了，这对你们一生也将会很重要——凡事皆有可能。(我对着电话上的英国男人说，"凡事皆有可能"。他跟我说，封爵这件事是绝对绝对不可能的，因为我不是英国公民。因此，此事在印刷期间无法敲定。)

写给我所有的粉丝们——

这回说正经的。

谢谢你们一直以来的支持。真的……我没逗你。

关于这本书

去年当我决定要开始写这本书的时候就不停有人问我，怎么这么有时间，为什么要写书。其实是这样的，去年 6 月，我开车经过隧道的时候正在和我的经纪人通话，当时手机信号很不稳定。我说："我从宜家买了个早餐桌。"我的经纪人以为我说："我有了个写本新书的想法。"

明白过来自己闹笑话的时候，合同都已经签好了。(当时哪还有工夫看清楚自己到底签的是什么?!)同样，几年前，我告诉经纪人："我把领子弄脏了。"他以为我说："我想当《美国偶像》的评审老师"。自此之后，我买了部新手机。然后我发现，我经纪人的名字是马文，不是布莱尔文。

　　说真的，我热爱写作。我觉得自从写了上一本书之后，自己对生命、爱以及其他一些"L"开头的英文词语有了新的感悟。有很多东西我都希望能和这个世界一起分享。

　　原来写书是这么的难。也许它并不像挖煤窑或者教小年轻开车那么复杂，这个我倒是相信。不过我还是高估了自己。我原本以为没有什么问题，因为每天上电视我总有说不完的话，再加上我已经写过两本书。那两本用的是原名，还有几本用了笔名——著名恋爱小说家丹妮尔·斯蒂尔。

　　一开始坐下来写作的时候，我盯着空白页，想方设法试着下笔。每当我想让节目上的嘉宾爆料或者讲一段有趣的故事，我都会先问他们一些问题。我像问嘉宾一样问我自己："你是什么时候开始爱上蒂姆麦格罗的？"

　　这个问题并没有多大帮助。我很快发现，我不应该问自

己一些太针对菲丝希尔的问题。

我换了个问题。

你为什么会出演《珍贵》?

也不行。

　　我开始把注意力转移到你们身上,我的读者朋友。你们都是谁?此刻在做什么?身上穿着什么?(没有任何冒犯的意思。)换位思维应该能有助于我的写作,不能总是时时刻刻关注自己。想知道我现在干什么吗?我开着敞篷车,在去工作的路上,头戴一顶贝雷帽——它能帮助我思考,而且还能让我觉得自己像个法国人。我拿起一支吸管儿,当作香烟假装抽着,或许这解释了为什么旁边车里的游客都一个劲儿盯着我看。

　　那么作为我的读者,你们都想知道些什么呢?我很好奇。

也许你们想知道我人生和工作中经历过的一些事。但真的很难知道什么样的事能让你们觉得有意思,而不光只是我自己觉得有意思。举个例子,几年前我打电话给我的信用卡公司想办理滞纳金退还业务,我真的没想到他们会给我办理。这件事对我来说非常了不得,因为你们也知道,客服接线员在心情不好的时候真的很凶。不知道你们是否有兴趣听这种七大姑八大姨的八卦。

我让思绪游走在我人生中几个最重要的时刻,然后终于知道自己该做什么了。既然我不清楚你们每一位都是怎么样的,我打算在这本书里为每个人都写点什么。你们会看到写给成人的短篇故事、给孩子们的填色图,还有很多大众皆宜的内容。你们也会看到一些用来开导大家的励志故事,还有医药方面的建议(站在毫无临床经验、非专业权威的立场上),以及营养方面的常识。你们甚至还能够学到如何更快乐地过好每一天。我希望大家都能越来越开心。

附录

　　有几件事原先也想写进书里，但还是决定留到我以后的
传记里再写。本书将不会涵盖以下内容：

- 我和哈维尔·巴登交往的细节；
- 我在少管所渡过的那几年；
- 我早期的迪斯科生涯；
- 我所涉及的 1990 米力瓦利假唱事件；
- 我最近刚找到的同父异母妹妹；
- 外泄的性爱录像。

封面女郎

情人眼里出西施。

美貌不过一张皮。

美丽不是表现在脸上，美丽是心灵的一盏明灯。

我曾经相信过这几句话。我曾经认为真正的美跟头发或眼睛的颜色毫无关系。真正的美是你的为人、你的原则、你的道德标准。2008年，我终于可以把这些想法全部抛到脑后，因为我被封面女郎杂志选中了！让全世界为之震惊吧！来看看我这张脸吧！我是选美皇后！（这一刻应该有很多闪光灯，然后我左右转动着脸，摆出各种超模造型。有人告诉我，在每本书里安几个小灯泡来突出这种效果实在"太浪费"，也"不太可能"，所以，你们只能想象一下当时的情景了。抱歉。)

实际上，我还是觉得，外表之下的内在美才是更重要的——要拥有强大的内心、开阔的心胸以及不凡的气魄。(其实，大部分人的内心都是肮脏的，就连长得好看的人也有不招人爱的一面。你看过探索台播出的解剖节目吗？事实是很残酷的。)

对我来说，美就是坦然面对自己，就是了解并且接受自己。我很乐意做我自己，我很自信，我真实地活着。我认为，这就是我这个五十好几的人竟然被选作封面女郎的原因。我这双美艳的蓝眼睛也只是给我加了点分。

然而，我们的社会还是会把注意力都集中在外表上。这是我近来不小心被镜子照到的时候得出的结论，就是那种能把脸放大五百倍的放大倍率镜。床上用品和家庭用品的连锁店 Bed Bath & Beyond 有卖的，绝对是个"能让你自卑到死"

的东西。一般它会被摆在卫生间磅秤旁的那种让人弯不下腰的架子上。我相信你们都曾经见识过。一面是普通镜子,当你把它翻过来时,我们的脸瞬间变成粗糙的月球表层。

我和波西娅的浴室里就放着这么一面镜子。我从来不照,因为它总是被给我洗澡的人挡着。突然有一天我无意间看到了镜中的自己,才觉得这真是个失败的发明,发明它的人应该被关起来。这种东西应该要有说明书。车的反光镜上都会写着"实物距离更近",放大倍率镜的说明书上应该写着,"实物并不如你所见"。

它让你看见你所不知的、别人都不可能看到的东西。我看着我的发际线,竟然可以看见住在那里面的生物。太吓人了!唯一需要看这么清楚的人,应该是正在小心翼翼做手术的外科医生或者珠宝商。就是!谁都不会像你自己那样端详你,除非你嫁了个外科医生或者珠宝商,他回家的时候忘了摘眼镜。"亲爱的,我回来了。哦,My God,你的毛孔好粗大!"

　　真不明白为什么我们都需要照镜子,它根本不真实。它把我们脸上的所有缺陷都一展无遗,而我们并不需要知道这些。其实每个人都有缺陷,没有完美的人,除了佩内洛普·克鲁兹。正是我们的缺陷让我们成为人类。如果可以接受这些缺陷,我们就不会有那么多烦心事了。

　　我对年龄的看法也是如此。我从没有隐瞒过我的年龄。在这个网络如此发达的时代,我都不明白为什么人们还要隐秘。在网上,别人不仅能找到你是哪年出生的,还可以知道你是几点出生的、在哪家医院、你母亲的临产期。就算在 YouTube 上看到医生拍打我的视频我也不会感到诧异。唯一找不着的原因是我出生的年代 YouTube 还不存在。

　　·

　　我们完全控制不了年龄的增长。这就是我们。我喜欢长大,变聪明,不断从错误中成长。我很开心,自己不用再像二十四岁时那样,天天还吃着糊糊过日子。再过几年我就可以

买半价票去看电影、参观博物馆了。想想我去这些地方的次数之多，这让我一年足以省下三十块美元。

当我们还小的时候，满脑子都想着要快点长大。你七岁半的时候，如果有人说你七岁，你可能会非常生气，甚至还会哭。但是设想一下，你现在还会那样做吗？"这位是玛莎，今年四十二。""四十二岁半！你总是少算那半年！我都已经四十二又四分之三岁了！"不知从什么年纪开始，我们不再愿意长大。我们似乎都很享受二三十岁的时光。可能也就是到四十左右，差不多要开始下坡了。我都不明白为什么这该算是件伤心事。我去爬山的时候，只要过了山头，就知道我过了难关，马上就可以开吃了，对于我来说这可是件好事。

五六十岁的人大都不愿意透露自己的真实年龄，一旦到了七八十岁就会又开始松口，毕竟这一路是走过来了，心里好歹有些自豪。一般不会有人一百了还非说自己九十五。这我就不明白了，为什么要隐瞒中间那几十年呢。每年我们都应该为自己又成长了一岁,为自己今后活得更健康、更快乐而庆祝。因为说实在话,这已经算是非常不错了。只要你还是你就好,无论你看人的眼神、你说话的方式、还是你走路的样子。我踮着脚走路,是因为我是超模,偶尔我为了好玩也会走得很快。当我们能接受自己时,别人也会学着接受我们。所以,做真正的自己吧。环抱你自己。说真的,抱抱你自己,接受你自己,除非你是个连环杀人犯。

我知道站着说话不腰疼,但是相信我—— 做你自己。如果十五年前你告诉我有一天我会成为封面女郎,我可能会说"不可能",接着问:"你怎么知道我的电话?"但现在看看我。我还是我,我是个在国际上广为人知的、非常抢手的超模。有一次我还去了巴黎呢。

如何成为超模

既然我都已经是封面女郎了,你们有谁对模特这行感兴趣的,我倒是可以帮忙支支招。我风光的时候曾走过无数次猫步——嗯,走过一次。但我知道怎么搞定它。我这儿有几个猛招。

第一招:眼神
总是让自己看起来像你憎恨这个宇宙赋予了你太过完美的容貌。

第二招:步伐
非常猛烈地快步向前走,就好像自己是一匹飞驰在泥泞路上的马,正四处闪躲水坑。

第三招:眯眼

双眼眯起来，就跟有人在用反着光的手表对你眼睛乱晃。

第四招:噘嘴

把嘴噘起来。嘴唇皱在一起,就像是你在够别人拿在手里乱晃的吸管。

第五招:摆造型

要显得神秘。经常把一只手放在裤兜里,像是在说:“我太神秘了,裤兜里这只手完全有可能是只假手,可你们没人会知道。”

第六招:扇风

随时随地都随身携带一把巨大的扇子扇风。不容有误。

现在把这六点加到一块。快步走起来！把眼睛眯起来！嘴够吸管！谁最美？你最美。继续走！

杂　　物

　　我不喜欢杂乱无章。我坚信每个东西都有它的属地。我知道,别人管我这类人统称:有洁癖的人。

　　我们的杂物都多得惊人。柜子里被塞得满满的,抽屉里被塞得满满的,所有东西都是一层层往上堆。杂物随年龄增长越攒越多。每年我们都会不停地买,从不肯放过任何落网之鱼。如今社会舆论让人们意识到我们不应该过多的拥有。我们管储藏杂物最多的人叫囤货的,过去我们管这种人叫老人家。

　　如果你想清掉一些没用的东西,可以每年做一次大扫

除，或者可以跟我一样，搬家。我经常搬家，过去这十五年里我搬过十次家。我搬家不仅仅是为了清除杂物，我可不是个疯子。我搬家其实也是为了可以不擦窗户。"窗子上落泥点儿了吗？赶紧收拾东西，咱们走。"

当你打包装箱的时候，你被迫将需要的和不需要的东西分开。有可能你有好多空瓶子，如果让你把它们也打包一起带上，估计你就不会再想用它们装你自己做的蜂蜜了。

这一点我倒是跟我妈很像。自 1952 年起，我妈已经搬过三十二次家。有几次，我从学校回来后发现门上贴着张字条："我搬了。来找我吧！"我有时候不费力就能找到她，可有时候就没那么幸运了。非常搞笑，有一次她忘了贴字条，而我根本就不知道她已经搬走了，剩下我跟新搬进来的墨西哥家庭一起住了三个月，后来才发现他们根本不是我的远房亲戚。他们人真好，一直用西班牙语喊我"这谁呀，这谁呀"，我还觉得这名字挺好听的。

总之,到处搬家这点我确实跟我妈很像,可是她的杂乱无章却跟我不太一样。她搬到现在的住所时(我觉得她很可能一时半会不会再搬了—— 别人都说,一般人搬过三十二次以后就不会再搬了),她特别强调要清理门户,要把所有不需要的东西都扔掉,重新开始过日子。我太为她骄傲了。我过去帮她收拾,原以为只要把枕头和汤勺拿出来就行了,非也。

让我来跟你们分享一下贝蒂"减缩计划"中的这些东西吧。我得把这些东西先收起来,放进盒子,封好,装进面包车,移到新房,然后接着再开箱,把东西拿出来。

1. 三孔打洞机
2. 单孔打洞机
3. 腹肌练习录像带
4. 嘻哈腹肌练习录像带
5. 一支口琴

6. 另一支口琴

7. 第三支口琴

8. 生锈的筛子

9. 1953 年生产的过滤器

10. 饼干切刀

这些东西大都被移动过三十二次。有几点我必须坦白：首先，妈妈 2010 年才搬到那儿的，而不是 1987 年。录像带的事你们最好也别信。第二，妈妈不在蓝调乐队里。她不会吹口琴，也没有口琴，我找到的那只像是从铁路边挖出来的。如果她用嘴去碰那个东西，我会立刻带她去医院打针。第三，煮饭或者烘焙食物这些事妈妈没一样会的，还不知道她能把饼干切成什么样呢。

我简直不敢相信我妈有多少东西。东西多还是因为一般人都为自己舍不得扔的东西找到了充足的理由，尤其对于衣服。尽管衣柜里有很多我们从来也不穿的衣服，我们还是会设法说服自己，也许有朝一日它们还能派上用场，比如画个油画。我们才不懂画画呢，而且我们也不会。但尽管如此，衣柜里永远有无数件破得不行的 T 恤衫。

很多人攒东西是因为对它们有情结。有人会说，"我就是放不下这件外套，实在太喜欢了，我第一次航海出游时穿的就是它"。你当然喜欢了，这可是当年你自己买的。可惜现在穿不下了，而且过时的垫肩把你弄得跟酷爱三文鱼色的 1980 年的橄榄球员一样。

我自己也难逃谴责，我一直保留着第一次在约翰尼·卡森节目上穿的衬衫。只不过现在它变成我晚宴时用的桌布了。那时穿出来还真挺松松垮垮的。

咱们都有种担心，当你刚把一些过时的衣服丢掉时，这些款式就又都重返时尚界。不过就算重返，我敢肯定，有一些是永远无法再回到潮流中的。设计师们总是在服装上制造出

某些不一样的地方,而我们就得被迫跟随最新流行趋势的脚步。

今年流行大领子,没准明年就流行短领的了。咱就得跟着买短领的,绝不能让人在街上看到自己穿着去年的款式出门,就好像随时有人会跑上来,拿个皮尺量我的领子。"不对呀,她穿的是去年的款,你们看看! 她穿的是老款! "

我们扔不出手的不仅仅是衣服,还有那些老旧电器、老家具。告诉你们最近我在自己家里发现了什么——大量的润肤露。波西娅就是个囤润肤露的。不知怎么的,我才发现她有这么多瓶。有些放在化妆台上,有些在水池下面的篮子里;有便利店买的便宜货,也有希尔顿和假日酒店的高档货。

她有各种各样的润肤露——非常之多。有擦脸的、擦手的、抹脚的、涂身上的,为什么分这么多种? 如果把擦手油涂在脚上会有什么反应吗? 你的脚会突然间不知所措吗?

　　每种润肤露都有截然不同的成分——芦荟、牛油果、椰子、可可脂、香草、柠檬提取，这些可不是润肤露该有的了，加一起都可以做蛋糕了。

　　别误会，我本人可是非常喜欢用润肤露的，我每天都涂面霜，这是必需的！我还得靠这张脸蛋吃饭。我也很喜欢用手霜。当我和别人握手的时候，希望给他们留下不错的感觉。但是涂手霜很讲究技巧，你必须知道该涂多少，可不要涂多了。波西娅有一次涂了很多，结果被困在卫生间出不来，整整几个小时，死活打不开门。后来我告诉她，我们有个侧推门，不用拉把手就能打开。

　　我的观点是，如果你有太多的润肤露，可以适当处理掉那些平时不用的，我特指的是波西娅。起码她可以把几个半瓶的都倒在一起，然后清理掉不用的空瓶，同时还可以让自己浑身散发着混合香气，宝宝霜加桔子林再加上黄瓜的味

道。我希望她能有幸读到这些。

　　我真觉得咱们都应该放开一点,扔掉没用的东西,这样就不用总是生活在乱糟糟的环境里,成天对着堆满的废纸、旧盒子和口琴。非常能发泄,非常的自在。另外,你还可以在易趣网上把不用的东西卖了赚点小钱。二手廉价的"古董"过滤器一个只要不到四美元。妈妈要发财了!

窃窃"私"语

我平时花很多时间关注我的身体。等等,这么说好像不太对。其实我的意思是,我经常自摸。好吧,这么说貌似也有点怪。我的身体是深不可测的仙境,我都不知道自己为什么会突然那么说。

我真正想说的是,随着年龄增长,我开始关注自己的身体和健康。我觉得这是每一个到了一定年纪的人都需要做的事情。我们得时常检查,看自己身上是不是多了什么、少了什么、长了什么,是否有萎缩、紧张、松弛、下垂、溃烂、肿胀或者发炎之类的情况。希望没有恶心到大家。

人到四五十，身体就要经历一系列的变化。就算我们现在身体状况还不错(听好：我的屁股硬得像块砖头)，体能还是会开始下降的，新陈代谢会逐渐慢下来，反应也会相对迟钝，有时我们会变得比以往更加健忘。我不想无端引起恐慌，但那一天终究会到来，很可能到那时你会把车钥匙留在冰箱里，出门拿着面包圈给车打火。研究结果显示，五十岁以后，你穿泳衣时不慎拉伤腹股沟的机率为97%。没事儿的时候你可以上网自己查查。

我几年前曾有过拉伤腹股沟的经历，自己都不清楚究竟是怎么弄的。我当时正在给纽约火箭女郎舞蹈团试镜，结果这一拉伤，所有的事儿都耽误了。不单单只是拉伤了，最关键的是，事发后竟没有合适的办法可以稍加处理。后背拉伤了还可以找个按摩师来帮助缓解，但是腹股沟一带可不是随便闹着玩的。你不能随便请个陌生人来帮你揉。因此，我请了我家的园丁来帮忙。老实说，一开始我还真有点不适应，可到后来感觉好极了。

我们必须学会照顾自己,包括接受各种让人感到不舒服的检查,有的甚至会让一些人觉得是严重越界了,结肠镜检查就是其中一项,它逾越了"一般男女约会第三天才有可能开放的区域"。我是从五十岁开始做这个检查的。我想你们都知道大概怎么查,如果不清楚,我尽力讲解清楚。基本上,结肠镜检查就是坐着轻轨拿相机从市中心一路拍到住宅区。在洛杉矶,他们的手法不太一样。他们让狗仔队拿着相机到处拍照,最后图像从 TMZ 上显示出来。

去做检查的时候我完全不知道结肠镜检查到底是干吗的。首先,那个时候因为工作安排的需要,我必须周六就做完这项检查。正巧购物中心有个售货亭,他们平日为客人做结肠镜检查,周末提供穿耳洞服务。

我去检查的第一件事就是穿上罩衣, 是扎克珀森牌的。我平时很少穿罩衣, 但这件非常漂亮——后背完全敞开式,

还略带点小露肩的感觉。他们让我把除袜子以外的衣服都脱了。也许这么做不至于让你觉得自己的身体是完全裸露在外的。可事实上，就算穿着袜子，还是会觉得自己彻彻底底的一丝不挂。也不知道他们究竟怎么想的，穿着袜子与不穿袜子有何区别？反正重要部位还是全露在外面供人观赏了。

我脱到只剩下罩衣和袜子的时候，医生走进来跟我打招呼。她也穿着一件罩衣。我开玩笑地说："嘿，咱俩好像撞衫了。"她笑笑，拿着针头。突然间感觉好像影片《危情十日》里的一幕。她即刻给我注射安眠药。这是医生用语。我只记得自己说："我需要——"就只记得这么多，之后的整个过程我就这么睡过去了。醒来时脑子有点不清醒，都忘了自己在哪儿。尽管这些检查很让人不安，但既然是必要的，那我还是安心地做完了。

乳房 X 光检查也是每个女人都需要做的例行检查。这个词的英文（mammogram），读出声音的话听上去很好玩，因此也很容易误导人，以至于会让你想象一个大妈过来敲你的门，为你唱生日快乐歌或者别的什么。可惜不是这么回事。乳房 X 光检查不是首歌，它更像是一种做得很不错的意大利三明治。

结肠镜检查和乳房 X 光检查的区别在于——很明显，只有几处不同。一个是在上围操作，另一个是在下围操作。还有一点不同的是，乳房 X 光检查，你是全程醒着的，不需要打药把你弄昏，因为它本身并无痛感，就是稍微有点别扭和尴尬，尤其你得正面对着工作人员。对于我这种爱聊的人来说，那是相当的尴尬。"是呀，我经常跳舞……不，也不全是……嗯，我也挺喜欢你妈妈的，谢谢，你的话让我太高兴了。"

难以置信，都这个时代了，竟然没有比 X 光检查更先进的仪器。如果有一天男人们需要把他们的重要部位夹在钳子里做检查。"快把东西放好，要开始挤压了。"那个时候，我想就会有新仪器诞生了。

　　我跑题了。我想说的是，这些检查都是非常重要的。我不介意跟你们聊我的腹股沟，这只会帮助到你们，让你们更关注自己的健康。我刚想到另外一些能够分享的事情。你们愿不愿意听我聊聊我身上的痦子？不想吗？好吧，那就不扯了。

生命的真谛 I

甘蓝。

生命的真谛 II

好吧,生命中当然有比甘蓝更值得关注的东西。(尽管甘蓝是真真儿的神草,吃一顿就可以补充你一天所需的全部维生素 C。这就是我在介绍那一章里说的书中所包含营养方面的常识。)

人们都在不断追寻着生命的真谛。按照人们不断在寻找的规律来排序,依次为:墨镜,生命的真谛,永葆青春的秘籍,商城车位,手机,钥匙,隐形眼镜。我们之所以找寻生命的真谛,是因为它使我们更接近一个目标,不论何时何地,在做什么,嫁给谁,我们都渴望能够得到它。那就是对我们来说最重要的东西,金钱。抱歉,不是金钱,是快乐。那才是我要说的,快乐。只要你找到快乐，你就找到了真谛。

　　有些人认为，要想找到快乐，就必须过好每分每秒，把每一天当作是你的最后一天，这样才会懂得珍惜。也有人认为，应该把每天当作是你出生的第一天，那就可以天天踏上新的旅程，重新来过。这两种说法也许很纠结，你是怎么想的呢？反正无论哪种活法，第一天，最后一天，我们似乎都需要准备纸尿布。

　　如果你每天重新来过，就会像小宝宝一样，不断发现生命中的惊喜。对身边一切事物都十分好奇，从镜子，到玩具，到自己的手。最普通的东西都能令他们着迷。成人只有在很偶然的场合才会被自己的双手吸引，比如当他们去参加沙滩音乐节的时候。

　　这就是为什么我愿意守在我的两岁小外甥女的身边。她经历着所有新鲜事物，似乎每件事都能让她感到兴奋。她正

在学习说话、走路。最近我们开始教她在高速路上开车,她开得很野。

某种原因,长大后,我们似乎厌倦了身边的一切。不知从何时起,也许是发现仙女和孙猴子都不存在时,我们开始不再相信奇迹。

也可能是因为我们都活得越来越麻木了。YouTube、真人秀、电影频道,很多东西都见过了,很少再有什么能让我们惊讶。小孩子看到车库门打开,就会整个礼拜都想着这件事。而成人,就算看到一个骑着自行车的人,跨越十八辆燃火的车,落在滑雪板上,滑下斜坡,也只会说:"可以呀! 不过我见过更好玩的。"

也不完全都要像宝宝那样,被人放在育儿袋里,自己不用走路。那样活着确实挺舒服,谁不想呢。但我还是庆幸自己最终学会了独立上厕所,而且也不会像宝宝那样,有事没事都吃自己的脚。

还是希望大家都能抓住生活中那些些许的感动。我们时常忽略人间最美的景色。尽管每天都从靓丽的花草旁经过,却从不停步观赏。常常匆忙穿梭着,从不停下和路上的人们打打招呼,说说话。我们无视身边的一切。也许只有过着没有明天的日子,才能懂得如何珍惜身边的一切。或许我们都可以把工作辞了,整天住在船里。

如果要真是没有明天了,我们肯定都会诚恳地对待身边的每一个人,因为我们没有时间再去在意别人的看法。跟朋友用午餐的时候,很可能你会突然毫无遮拦地脱口而出:"你的帽子实在太难看了。"或者面对交警的时候,终于敢老实交代:"您说我超速了,您没看我刚才那会儿!这辈子就没开过这么快的车。"分手的时候,终于可以坦然地告诉对方:"我只是想说,真的不是我的问题,完全是因为你不再那么招人喜欢了。"

　　因为没什么可以失去，我们才会抓住更多机会。也不是说你非得做什么另类出格的事情，比如跳个飞机，或者只用一根短绳、一个磨指甲刀，倒立着爬雪山。不明白为什么人们对着悬崖绝壁会想，"我要把自己挂在那上面"。当然，如果你对这种运动很有兴趣，那么请便；但如果没什么兴趣，或许可以从小事开始做起。吃个没洗过的苹果，偶尔也接听陌生号码，做你认为是有点冒险的事。

　　当你开始冒险的时候，你可能成功，也可能失败。这两种结果同等重要。失败的时候很难真正理解，但是失败对我们来说才真正有好处——当然，这个好处绝对不是你晕得找不着北。

　　是失败让我们看到成功的希望。当初我在演情景喜剧的时候，公开承认自己出柜了。我拿出了勇气，结果节目不让播了。这不是关键，重点是，我东山再起，卷土重来了——当我听说节目被取消时,正在超市边上骑玩具木马。当时我就告诉自己:"艾伦,让他们看看你的厉害!"于是我开始做另一个节目,结果你猜怎么着,也被停播了。这也不是关键。我真正想说的是,正因为我的坚持不懈,才有了今天自己想都没敢想过的成功。我出名前,曾在自家地下室,在我的三个朋友面前练习脱口秀——两个朋友和一只小老鼠。好吧,三只小老鼠。总之,我很高兴自己能有今天。数学成绩不及格的那些小朋友们,一定要吸取我的经验教训。艾伦说你们很棒!家长们,你们终有一天会感谢我的。

仔细想想,其实怎么过并不重要,第一天,最后一天。你也可以从第二天、第三天开始,也正好花点时间把眼睛里那些脏东西清干净。再或者第九百一十二天、第一万五千三百三十七天。某一天,我记得非常清楚,我那时四十多了,突然想停下来什么都不做。我选择了出行,去了牙买加,到那儿反思我的人生以及我想要的生活,后来我就又重新振作了起来。抱歉打岔,但我突然又想起一本书,《老牛碰上嫩草》。

　　最重要的是，享受并且珍惜每一天，只要活在当下，你就完全可以做到。总之，不要回首过去，除非有人喊"小心后面"。那你肯定要看看后面了，说不准就有个飞盘正朝你的脑袋飞过来；再或者如果是电影情节，一个性感充满魅力的年轻吸血鬼有可能正朝你走来。

　　总而言之，不要总回头留恋过去，也不要太担心未来的日子，活在当下吧。有很多种方法可以让你活在当下，比如停下来闻闻花香，闻着咖啡的香气醒来，享受成功的香甜，然后就是大口吸气，吸的多我们就能更快乐。吸的是什么，这你们可别想歪了。

一个很短、很短的故事

　　街上空荡荡的,甚至感到有些凄凉、有些空虚。狂风呼啸,暴雨倾泻在屋顶上,发出巨大响声,爸爸连烧水声都快要听不到了。终于,暴风雨过后,一切又恢复正常。

日　志

　　一直以来,我都很重视个人隐私。不过这次破例,跟大家分享一下我的日志。我 2003 年就开始写它了,也就是差不多出版第一本书的时候。来分享我对过去这些年的感言吧。

　　　　　　　　　　　　　　　　2003 年 5 月 30 日

亲爱的日志:

　　还记得多年前我曾告诉过你,我参与工作的那部电影吗?今天它终于开始放映了,并且打破了所有动画界的首映礼纪录。我很幸运能够成为其中一员。就算今天他们来电话告诉我要做续集也毫不为过,我一点都不会惊讶。这真的真的很棒,这情景太棒、太完美了,日志!

2003 年 8 月 1 日

日志:

　　《海底总动员》成为史上最卖座的卡通影片。你能相信吗?! 等等,电话在响,也许是皮克斯动画工厂想找我做续集。再见了,日志,等我富裕的时候会再联系你的!

2003 年 8 月 2 日

日志:

　　电话不是皮克斯他们来的,但我还是坚信他们会随时打来。电话是关于我最新的脱口秀! 这是另一件让我兴奋的事情。脱口秀一个月后就要开播了。从现在起我得开始琢磨该穿什么衣服、做什么发型。光是想想就让我忍不住上蹿下跳。总之,皮克斯联系我的时候会第一时间告诉你的。

2003 年 9 月 8 日

亲爱的日志：

　　今儿个是大日子。我的脱口秀在电视上首映了！哇喔，大家都很喜欢呢，我感到非常骄傲。不知未来几个月甚至未来几年里我会忙成什么样子，但是不用担心，日志我还是会坚持写下去的。

2007 年 2 月 25 日

日志：

　　我刚主持完奥斯卡颁奖典礼。我近来正经历着一连串奇妙的体验。感觉就像是刚从浴室出来似的，浑身上下是那般愉悦、那般轻盈，再加上沐浴液的香味。简直不敢相信，我竟然主持起了颁奖典礼！我现在来到典礼后期的派对，将会度过很闷、很无聊的一晚。才怪呢，我在这都快玩疯了。

2008 年 8 月 16 日

亲爱的日志：

今天是我最幸福的日子。我结婚了，我好好好好好开心！写了这么多"好"，从所未见，可想而知我有多开心了。我和波西娅结婚了，并在亲友面前许下誓言。这一天实在太完美了。

2009 年 5 月 16 日

日志：

今天我在家乡新奥尔良州的杜兰大学发表了毕业典礼嘉宾演讲。我非常开心，自认为给了那些孩子不少好的建议。真不敢相信，我从没上过大学，他们居然还邀请我演讲。我原本是打算上大学的，后来一不小心给忘了。不过我总算是让我妈妈引以为荣了，因为我终于完成了她一直想在我身上实现的梦想，我作为嘉宾穿上了毕业礼袍。

2010 年 1 月 26 日

亲爱的日志:

今天我生日。我过得非常开心,也很期待未来这一年。《美国偶像》就要开播了。我已经迫不及待,做好了马不停蹄的准备。

2010 年 3 月 15 日

日志:

我戒糖了,过去这三周我一点糖都没碰。最近几天我开始有点神志不清,今天竟然对着一盆植物发飙。别忘了我为什么决定戒糖。这感觉实在是太难受了。你知道吗,你所吃的东西里都有糖分。所有东西,包括甜饼。行了,我要走了,日志。你太讨人厌了。

2010 年 5 月 26 日

日志：

　　大消息，我开始做唱片了。我热爱音乐，也喜欢挖掘人才。虽然我现在非常牛，但我丝毫不会改变。我还是我，最多出门的时候跷个二郎腿。

2010 年 7 月 27 日

日志：

　　很精彩的一天。记得我跟你提过吧，我通过邮寄方式把金子给卖了。你猜怎么着，今天收到 1.24 美元！

2010 年 8 月 16 日

亲爱的日志：

　　今天我和波西娅庆祝结婚两周年纪念日。

2010 年 9 月 8 日

日志：

我今晚在百老汇首次亮相了！我主演《誓言，誓言》，带着配角克里斯汀·肯诺恩斯和肖恩·海耶斯。好好玩，但是你知道，日志，我找到这个剧场的 BUG 了。没啥隐喻：我在更衣间里发现了一只像拳头这么大的蟑螂。纽约脏死了。

2011 年 1 月 1 日

2011 年快乐，日志！这个元旦我过得非常开心，破纪录撑到了 9:30 才睡。实属不易呀，日志。

2011 年 1 月 18 日

嗨，日志：

今晚我看了《超级减肥王》。这节目真不错，我一直哭个不停。不知道他们是怎么做的，我哭得太狠，连睫毛膏都流到脸上了。最牛的是，我根本就没涂睫毛膏。这节目实在太厉害了。

2011 年 5 月 25 日

亲爱的日志：

今天是奥普拉·温弗瑞节目的最后一集。简直不敢相信，不明白为什么会被停播，好多人都很喜欢看。知道这意味着什么吧？拉里金退休了，奥普拉干别的去了，瑞吉斯也走了，整个脱口秀的天下就是我的啦！哈哈哈哈哈！

2011 年 6 月 24 日

日志：

就要把新书稿交给出版社了。写这本书真不容易，我原本以为就像写这些日志这么简单，但真挺不容易的。如果光写日志就好了。总之，我交完书稿就去看电影。知道今天上映什么吗，日志？《汽车总动员 2》。不错吧？著名卡通片的续集。我非常非常非常为他们感到高兴。

用词的学问

写这章对我来说很有难度。我最喜欢的一本书里,它的第十章也是我最喜欢的一部分,这给我造成很大压力。有些书的第十章写得并不怎么样,具体哪本我不能透露,也许那本书的作者没读过我前面提到的那本书。

"前面提到"好像不是什么成语,用在上面这句话里语法是否正确我也不清楚。但是每当我焦虑或者感到有任何压力的时候,我在用词方面就会非常注意。用一些复杂难懂的大词能让我感觉自己更出色,内心更强大。比如当超速被警察拦下来的时候我经常说:"先生(先生,女士,视情况而定),尊敬的政法部门制度执行官大人,我赶着去做阑尾炎手术。"他们一般会回我说："请把驾照和行驶证拿出来。"然后我说："尔等意欲何为？"之后他们总是会给我开罚单。

不知道为什么大词看起来让人觉得更加重要。其实所有的词语都同等重要，就算是"这个"（"the"）"它"（"it"）"一个"（"a"）"或者"（"or"）这些普通的常用词也一样。没有这些词你无法完成一个完整的句子。为了说明问题，咱们试试不用这些词来造个句。

看吧？没可能。

理论上讲，"我不能"这句话并没有用到"这个"（"the"）"它"（"it"）"一个"（"a"）"或者"（"or"）里面的任何一个词，不过我想说明的问题是，那些看起来简单易懂的词语，其实跟看起来比较夸张的词语并没有本质上的区别。我总是强调，词语的长短无关紧要，最重要的是看你怎么能把它用在句子、章节、打油诗里。

　　有些作家喜欢拿过于夸张的文字炫耀。其实我也可以，不过我不怎么爱用那些花哨、夸张、浮华的词语。我当然知道怎么用，如果它能为我赢来普利策新闻奖或者其他什么大的文学奖，为何不试试呢？我现在就来演练一下：

　　某日，我平时一直驯养的雌性猫科动物查理，匆忙追逐她的高音频具备语言功能与老鼠同类的齿科玩具动物。根据以上细微观察，我对她的活跃度做出评估：她确确实实异常欣喜。

　　看到了？简单吧？下面是另一个例子：

　　一般都以为女人应当心境平静，但女人的感觉跟男人的感觉是一样的。她们也需要发挥自己的才能，也需要有用武之地，就像她们的兄弟们一样。对于严格的束缚、过分的痴呆，她们跟男人一样也会感到痛苦；比她们享有更多权利且心胸狭窄的同类会说,女人们应当去做布丁、织长袜、弹钢琴、绣荷包。如果因为她们超越了世俗为她们的性别所划定的范围,去做更多的事情或者去学更多的东西而去谴责或讥笑她们,实在是没过脑子。

好吧,我招了,这是从《简爱》上抄下来的。我不能一天到晚总跟你们玩文字游戏。不过说老实话,《简爱》这部分写得还不错吧!

家　人

我们是一家人。姐妹们都在我身边。

我们是一家人。让我们站起来高歌。

——雪橇姐妹

几年前,我收到一封信,是新英格兰历史系谱协会寄来的。一开始我还以为是我的妇科大夫寄来的,后来才知道,这两个词的英文虽然接近,但意思却隔着十万八千里。一个是医生,一个是系谱专家。

来信问我是否有兴趣了解家族血统。在那之前,我从没想过有关我的家族史。唯一知道的是,我是在路易斯安那州的梅泰里,从我妈妈肚子里爬出来的。

　　当我接到了这封信,才开始琢磨我的过去,以及我的老祖先们。我究竟是谁?从哪里来?为什么这么喜欢吃鹰嘴豆泥?我让系谱专家帮我查了查,结果发现不少有趣的事。

　　我被告知,原来自己跟好多名人都能扯上关系。这还不是六度分离论,我说的是直接血缘关系。首先,我搞清楚了我是跟波西娅·德·罗西结婚的。她非常美,是我这辈子见过的最好的人。

　　我是奥斯卡最佳女演员哈莉·贝瑞的第十个表妹。非常明显,我们俩就像是一对双胞胎。估计经常有人在路上碰见她时大喊着我的名字。

　　我还是理查·基尔的远房亲戚。这也是为什么我们不能约会的原因之一。我还是乔治·华盛顿的八竿子打不着的亲

戚,所以我不擅长骗术,也很爱戴假发。更重要的是,我居然是王室贵族。我是未来英国女王凯特·米德尔顿的第十五个表妹,这样说来,我平时让手下人都管我叫女王陛下也就理所当然、不足为奇了。

其实我的祖先最早生活在 19 世纪的英国。时间久远,那时候的大本钟还是个小本钟。我的祖先都叫肖恩·劳恩特·德杰勒瑞斯和肖恩·巴普蒂斯特·德杰勒瑞斯,非常好玩的发音。我是威廉·布鲁威斯特的后代,他是坐着五月花号来到美国的。这也解释了为什么我一直对带扣的鞋这么有好感。

我非常激动能找到自己的根。只有知道从哪里来,我们才能对自己更加了解。再说了,当你无助的时候,也好有更多的人能让你伸手借钱。

有趣的是,仔细想想,我们都来自不同的地方,有着不同的经历,但如果你在街上某个窗外窥视一个家庭聚会,大都会看到相同的情景。不过你也冒着"非法侵入"的危险,很有可能会被抓起来。不过你会看到,每家情况都大同小异。每个家庭聚集到一起的时候总会发生着相同的事情,不论我们从何而来,跟谁有关系,我们的过去如何影响了我们。

第一个意识,你非常希望被邀请去你最喜欢的那个姨的家里玩,因为她刚装好了台球桌,但她不会邀请你的。不过你的一个叔叔请你去他家。他家有四只斗牛犬和啤酒罐做的室内滑道。

一到他家,你硬是被小舅子他哥拽住狂聊。你没得说,只能应付着说:"喔噢,自打放映'美国警察真人秀'我就再也没见着你人影。"你妈妈立刻拦着你:"别提'美国警察真人秀'呀! 你干吗非提那部破电影?!"

然后你为此道歉。无意中你又开了另一个玩笑:"至少你没参与演出《追逐猎食者》,那部电影更糟糕。"又得再次道歉。

　　紧接着,帕姆表姐拿着玉米锅现身了。你知道她肯定要弹着吉他歌唱和平,所以你决意要出去透口气,尽管室外此时零下好几摄氏度,飘着雪花,而且你还忘了带外套。两秒钟后,九个孩子跟在你后面,用雪球砸你。如果你不跟他们玩,他们就恶意挑衅,让你觉得自不如人。也不是你的错,你生来就很敏感脆弱。

　　你准备跟他们友好交流,但是没交流成功,所以你无奈回到屋里,问问旁人是否有什么需要帮忙,同时做出礼貌状,当然,也是因为你妈妈正盯着你,还是用那种"养你这么大,最好给我出息点"的眼神看向你。你希望没什么能让你再做的,但这个时候你姨会说:"好啊! 我还没来得及做红薯派呢,你帮着给做了吧! "

　　接着你处于慌乱之中。你不知道放在灶台上的红薯和土豆的区别,如果你做了土豆派,你会永无天日的。

　　如此一想,你开始着手做土豆派。正巧,大家都被几个成年男子的惊叫声镇住了。就在橄榄球队正要进球的那一刹那,小提米宝宝拔掉了电视插头。

　　小提米哭闹起来,狗也开始叫。大家终于坐下吃东西了。倒酒的倒酒,聊天的聊天。聊着聊着,我妈怀孕了;再聊着聊着,我爸也怀上了。如今男人是可以做到的。

　　我吞下我盘中的那块肉,回家琢磨着,是否每个家庭都这么混乱。答案非常肯定!

　　但我们应该感恩,如果没有家庭——我们的那些祖先,每年只见一次的表亲戚,每天必见的爱人——人生将会非常无聊。你不用听我的,但最好还是听吧。我可是王室贵族。

耶稣他老人家会怎么做

不知近来你是否看过杂志，上过网，或者去过购物广场——不清楚你们都怎么打发时间，这确实也不关我什么事。不过，如果你曾经做过上述任何一件事，那肯定已经遭遇过了问卷调查，普遍人都很喜欢做问卷调查。就连这个我也是从问卷调查得知的。

貌似问卷调查无所不在地出现在每本杂志、每份小报、每个网站上。我必须得说——这些调查不一定都有意义，雷同的问题频繁出现在问卷里，比如你喜欢哪对情侣，你是否喜欢她穿的裙子，是否喜欢他的 T 恤，谁穿比较好看，他们是不是太瘦、太肥、太漂亮、太丑、毛太多、毛太少。

很多问题不仅没必要问,而且还有些脑残。我不会透露我说的具体是哪本杂志(我有可能指的是 *Pin Style*),我从牙医那儿曾经偷出来一本,里面有个调查问读者:"你会穿多绿的衣服？"39%的人选择"特别绿",37%选"带点绿",24%选"不太绿"。

我倒是想问问:什么玩意?! 你会穿多绿的衣服？什么意思呀？什么叫特别绿呢？比如,参加毕业舞会的时候你会穿得特别绿？还是等你安顿下来,打算生孩子的时候会穿得特别绿？咱们再来看看"特别绿"和"带点绿"的差距,才只有2%的悬殊。这么大个新鲜事为什么不在晚间新闻上播报一下呢。

我又看到另一本杂志里的某问卷调查。这回就算你再怎么求我，我也不会把名字给你的（我很有可能指的是 *Clamor*)。它问读者:"粉嫩嫩的裙子——穿还是不穿?"我就又想问了:有所谓吗？你爱穿什么就穿什么,干吗非得管别人怎

么看。粉嫩嫩的裙子,就算所有参与问卷的人都说该穿,我也绝对不穿。

我也曾出现在这些杂志里面,有时候看到自己被拿去莫名其妙地跟别人比较,心里就不是很顺畅。就比如:"这衣服谁穿比较好看,艾伦还是海蒂·克鲁姆?"你硬是把我们俩摆一起,这很明显就对海蒂不公平。

这些问卷调查简直谁都不放过。我琢磨着,如果耶稣还活着,《美利坚周报》肯定会有很多关于他的问卷调查。"谁穿蓬松袍子比较好看,耶稣还是珍妮佛·洛佩兹?""耶稣款凉鞋是该热到爆还是千万别碰?""你认为耶稣是否应该考虑换新发型?"保不齐54%的人都会说耶稣应该剪个头。当然,随后他们又会继续跟进:"耶稣适合搞刺儿头还是蜂窝头?"

这些问卷调查引来了不少的非议。我不认同非议,除非是关于非议的非议。我不认为谁必须得穿出什么或者有个什么样的发型。这也是为什么我们词汇当中会有"不同"这个词语。（但我不知道为什么会有"胡须"这个词，不能干脆就叫"嘴"吗？）

我们整天花这么多时间拿自己跟别人比较。每人都在坚持不懈地攀比。我们为什么要攀比？我敢肯定没有人是完美的。我们不需要跟任何人比。

大家总是把什么都拿来比，不仅在穿衣方面，还要比谁住大房子，谁开好车，谁的工作好。人们相互比较体型，不仅如此，还比较身上的伤疤。你曾经把自己的瘀青、抓痕，或者裂口给别人看过吧？他们会很麻利地脱下衣服，跟你比较谁的伤疤更加惨烈。

有一次在工作现场，我给制作人看我的一处瘀青，接着整个办公室就像疯了一样。大家都争先恐后地撩开自己的衣服，撸起裤腿，脱掉袜子。"你那算什么，我昨天撞树上了！"

"我屁股磕车门上了！""我坐叉子上了！"这些事不眼见为实也罢。

大家总争着抢着让我参观他们的伤疤和那些并不怎么美丽的美人痣。我现在可以告诉你们——就算你们的美人痣长得再有水平，我还是不需要亲眼见到。(妊娠纹也是一样，小妞子们。当你说"看看我宝贝孩子干的好事"，我希望看到的是你们头发里的口香糖，而不是你的整条中段儿。而且，我也不想帮你涂除疤膏。)

总之，我想表达的是，我实在看不出，成天拿自己跟别人做比较能带来哪些好处。比也比不出谁更好、谁的东西更名贵，或者谁屁股后面的叉子印儿更明显。

我个人喜欢做一个独特的人。我喜欢坚持自己的风格、自己的主见、使用自己的专用牙刷。出淤泥而不染，这远比其他要好得多。当你看到周围一切事物都一个样子的时候，会觉得有多无聊。若是那样，不如直接坐在镜子前面成天欣赏自己。我每天一大早起来就坐在镜子前面狂照，所以就不需要再花更多的时间了。

更何况，究竟是由谁来判定哪个好、哪个不好呢？又是由谁来判定什么正常、什么不正常呢？我们都是不同的人，我们可以有不一样。如果有人说你很奇怪，你就道谢，然后跪下。别，还是不跪了，这倒是会显得有点太奇怪，你还是鞠躬吧，然后做出摘帽子的动作，让他们回去掂量自己的分量去吧。

Haiku

　　这个词一说出口，就好像是在跟一个叫酷的人打招呼。
"嗨,酷。""你好。"

舒展放松

有件事对每个人来讲都是每日必行的惯例。抱歉，是两件:看我的脱口秀和舒展运动。看我的秀时可以顺便舒展一下紧张的肌肉,如果你认为你的视线可以有一秒钟离得开我。

有很多种方式可以让头脑保持活跃。很多人玩拼字游戏,让大脑得到充分的释放。其他人喜欢非常复杂残脑的拼图,就是那种把数字加起来必须得几的游戏,叫什么来着？噢对,加减法。

我喜欢借助阅读和写作,以及收看《单身汉》一类的教育节目,来学习让人难懂的异性配偶方式,由此锻炼自己的大脑。

　　波西娅近期开始学习新鲜事物。她自学烹饪,什么课也没上,完全靠自己的悟性。我知道你在想什么……糟糕了。不过她真的很不错。烹饪不是一项容易掌握的技巧,它有可能会非常危险,涉及火、蒸汽,以及非常非常尖锐的刀子。波西娅现在只剩三根指头了,但是她从不曾放弃。我因此而爱她。

　　我觉得她学习烹饪是件很棒的事情,主要还是因为我不会做饭。两口子里最好有一个会做饭,这样两个人才可以分摊家务,就像其他对儿那样。波西娅做饭,我来做清洁。开玩笑,我才不做清洁呢,太恶心了。

　　但我还是建议大家都多学些东西,总还是有益处的。你可以学一样乐器,学画油画,学玩木偶,或者还可以学些新知识。我现在就可以给你们普及一些知识。首先,你知道蜗牛一觉能睡上三年吗? 它们移动得如此缓慢,是因为醒来时总是稀里糊涂的。还有,你们知道吗? 狸猫的手指非常灵活,它们不仅可以打开垃圾箱盖,转动门把手,而且还可以解开鞋带。现在你明白它们眼皮上怎么会有那圈眼线了吧?

偶尔让大脑放松一下感觉是不是挺好?心情放松下来了,接着我们就来放松身体。瑜伽是个不错的方法。我每天早上都会做瑜伽,它带我走进新的一天,给我无限力量。我已经练习了一段时间,所以有所加强。我现在下犬式做得相当到位,动作之妩媚,都已经不宜在白天的电视节目上展示了。

瑜伽也有很多种,有能量瑜伽,有热瑜伽。热瑜伽通常会让人出很多汗,因为它是在高温的室内完成的。你凭借汗味就可以推断出谁做了热瑜伽。但所有瑜伽都是基于哈他瑜伽,我做的就是这种。而哈他瑜伽是基于观察动物在自然界的舒展动作的。我知道你又想什么:"艾伦,我看过我家狗舔自己,我可不想做那种舒展运动。"瑜伽关注的并不是那部分。

瑜伽,字义上是"合"的意思,当你练习瑜伽的时候,你其

实是在练习身心合一。这是从你感到身体上的疼痛就能判断出来的。你的思想会和身体对话，"哎呀，疼死了"。你的身体会说，"我知道"。你心里会想，"别再做下去了"。你的身体会说，"我也同意，可现在不行，我根本动不了"。

冥想有助于记忆力和血液循环。它能强制你安静下来，放松下来。冥想有很多种，你可以自己习练，也可以和其他人一起。我说的还是冥想，别有歪念。你在哪都能做，只要闭上双眼，只要不是在开车或者操作重型机械的时候，其他什么时候都可以冥想。

冥想需要非常专注，很容易分神。我曾经试过上课学习，我觉得跟其他人一起可能更容易进入状态，被正能量包围让我能够专注，从而能积极向上和快乐。但尽管如此，我还是总想睁开眼睛。尤其是焚香的时候，我会觉得整个房子都烧起来了。无法专注于感受内心的喜悦，我会极力回忆房内安全出口的位置。有时我甚至会睁开眼睛查看房间是否着火了。

当然是没有，但当我睁眼看到其他两个人也睁着眼睛的时候，我开始好奇他们是什么时候睁开的。紧接着，我注意到那个巨大的铜锣，想到"《铜锣秀》怎么不播了"。当时是查克·巴瑞斯主持的那个节目。另外那个查克呢？不是查克·贝里，说的是查克·吴来瑞。他主持了《爱转角》节目，他也做了《2加2》节目。我纳闷，是谁起的这个鬼名字。是他本人吗？还是制片人？他难道不知道有"四"这个数字的存在吗？这又让我想到"四"这个数字。"四"和"四十"的英文拼写不尽相同。然后我立即灵感大发，我可以在我节目里造一个沙发城堡，请嘉宾们都到城堡里坐着聊。那肯定会很好玩，很有娱乐效果。我们应该也可以穿着睡衣吧。

　　一旦我开始注意到自己走神了，便停下来，试着把注意力集中到我的第三只眼。这时候我想，如果自己真有第三只眼就好了。它该长在哪儿呢，是前额还是后脑勺？也许是头顶。不，长头顶下起雨来就麻烦了。如果我的嘴唇能变成眼睛就好了，里面也许会经常堆满咀嚼后的残渣，但起码方便我

看清楚自己究竟吃的是什么。我正在为这张"嘴眼"设计墨镜的时候,老师敲了一下铜锣,吓我一跳。我差点喊出"我的老天呀",但由于我的机灵才智,喊出口的是一声长长的"欧姆姆姆"。我是唯一一个情不自禁朗诵的人,但大家都觉得我实在是因为太投入于冥想中了。欧姆朗诵让我完全放松下来,离开教室的那一刻我感觉超爽,很平和、很放松,心情异常的好。现在知道为什么冥想有益处了吧?

冥想对改善记忆力也大大有所帮助。我本来记性非常不好,从来都记不清人,就连之前见过面的人,或者甚至我秀上的特约嘉宾,我都记不住。我可以一整晚在好莱坞派对上跟某人闲扯,回来波西娅会问我:"你跟谁聊了?"我只能耸耸肩说:"如果不是玛西亚·克劳斯(女),那就是扎克·埃夫隆(男)。"

我现在的记忆力真是好多了,我一会儿再告诉你是怎么好的。电话响了,我马上回来。

冥　　想

啊……感觉好点了吧？

引导下的冥想

首先选择舒服的姿势。

坐下或者躺下,然后闭上眼睛。

如果你在开车,那么就保持眼睛睁着,然后迅速越过这一章。

现在开始用鼻腔吸进空气。

张开嘴把气吐出。

如果你此时正在拥挤的公车里,那么就向身边的人道歉。

快速说出:"对不起,我刚才对着你的脸吐气。"

然后放松。

感觉到你的气贯穿整个身体。

吸进的是能量,呼出的是压力。

有意识地轻轻吸入。呼出所有负面的想法,例如拥堵的路况……延误的航班……餐馆的恶劣服务……对老板的失望……夫妻、男朋友、女朋友间的不愉快……财务纠纷……车被拖走的情况……赌输了钱……查出对大麻过敏……最喜欢的袜子刚洗完就被偷走了……抑郁症。

思绪不要停留在刚才说的这些上面。

把所有负面情绪全都抛出脑外,留着我们以后再去想。

现在只管放松你的大脑。

想象你正在牧场的草原上。非常美的草原,被鲜绿的草坪覆盖着,没有虱子。

周围非常安静。你听到草原上微风吹过。

听到了吗?有架飞机在空中飞过。再仔细听。叶子沙沙作响,小蛇在草中蹿行。不,不是蛇。这片草里没有蛇。我不该说蛇的。

让思绪慢下来。再慢一些。想象你开车的时候有人在你

前面骑车。很烦对吧？不要烦。

今天我们不烦。今天是平静的一天。

开始飘浮在这片草原上。喔哦。看你飘起来了。你恐高吗？别去想它。

想象你的钱包从口袋中掉出来。你不屑一顾,钱包掉了就掉了吧。

一个陌生人把它捡起来,把里面的钱全都拿走了,然后丢掉钱包。你不需要那些钱。

你安详地飘浮在草原上。

结果还是发现有一只虱子,但它并没有咬你。于是你松了口气。

你感觉到被一股力量包围。

你现在正漂浮在水面上。草原上有一条小河,或者是一条小溪。你也分不清楚,总之没什么大的致区别。管他的。

你想象这条溪流,顺着小路盘陀在草原上。石头上反射着光芒。一旦你踩在这些石头上面,一不小心就会打滑,非常危险。但是你不去想它。

当你接近小溪流的时候，你看见一座桥，一座带你走向幸福的桥。

桥的左边有一件斗篷，就是超人用的那种斗篷。你把它披在身上。

你现在有魔力了。你可以做任何事情了，除了飞。

当你再走近一点的时候，发现其实整座桥都是用巧克力做的。

走在上面可能不太安全，但是味道一定是极好的。

你小心翼翼地走过这座通往幸福的桥。不要让任何人夺走你的斗篷，那是你的。

别人会因为嫉妒而试图抢走你的斗篷，可是你千万不能让任何人把它抢走。

桥的另一边正在播放老电影《爱情之船》。

只要过了这座巧克力桥你就能得到你想要的幸福了。

小心着点，祝你好运。

这几件事可能会对你有帮助，
但基本上意义不大

● 叠被子的时候不要把钱放进去。

● 当有人从你椅子后面走过时，仅仅前倾身体是没有用的，你必须真的挪动椅子把地方腾出来。

● 需要张嘴吐掉樱桃核的时候，没有人可以把动作做得很优雅。

● 当你开车右转到繁华街道上时，尽量不要轧到花花草草。

● 紫红色适合所有的人。

● 如果你家墙上挂满自己的照片，别人会认为你很自

恋。所以最好还是挂上我的照片。

● 搬沉重物品时一般都需要整个身体用力往上抬,如果能只用双臂抬起来就好了。

● 化妆间不是用来歇脚的。

● 眼睛跳，往往说明你的身体想要让你向对面的帅哥靓妹挤眉弄眼。

● 如果你很在乎输赢，那就趁早不要和小老鼠玩捉迷藏的游戏。

● 英文里真有"Kerfuffle"这种长得不太像单词的单词。

● 在路口堵车时,眼睛长得最美的那位可以先行通过。

《美国偶像》
("说不出好话，干脆别说")

《美国偶像》刚开始播出的时候我就已经是粉丝了。我爱音乐，也喜欢支持有才的新生代。它一直是我最喜欢的节目。不过，我还是更喜欢坐在自己家舒适的大厅里观看。

别人总会问起我当评审老师的感想。大家都想知道上这个节目究竟是什么感觉，瑞恩到底什么样，西蒙到底什么样。对此我想说：瑞恩是个工作狂，他工作起来没完没了。你在电视上可能看不到，但是他广告时段竟然还在观众席里卖 Mary Kay 化妆品。至于西蒙——很多关于他的事情眼见不能为实。我知道他有他的途径上这个节目，但是现实生活里——我不想吓着你，但他真是个不折不扣的秃子。

当初答应上节目的时候，我认为会很好玩，因为，首先，座椅的设计看着很爽。坐在第一排观看现场直播的感觉也很棒。还有无休止续杯的维他命水。待遇真不错。

但这些都只是表面。我的日程每天都安排得很满。压力开始不停堆积。兰迪一直喊我"姐们儿"。跟我先前想得简直差很多。如果让我用简练的语言形容，应该把这个经历称之为"既好玩又好累"。确实很好玩，但是确实很累人。

让你知道一下我那年的日程安排。正常来讲，我每天下午四点录制我的脱口秀节目。我有一整天时间准备，彩排，然后从四点一直录到五点。我总是提前一天录制节目，所以你们周三看到的节目其实是我周二录的。你们的今天永远是我的明天，你们的昨天也就是我的今天。你们的昨晚是我的今

晚,你们的明天是我的两天后。但是《美国偶像》永远是直播,所以你懂的,我完全不知道自己处在何时何地。

为了迁就《美国偶像》的时间,我下午两点半就要开始录自己的节目。这样我就可以按时跳上车,跨市来到《美国偶像》摄影棚。因为是现场直播,所以每次时间都很赶。但还好,我比较会穿梭在车流里。你只能开在人少的车道上,应该说,是行人道上。

一到《美国偶像》,我就开始换去白天的脱口秀服装(优雅的便装),穿上黄金时段的服装(评审大袍),然后戴上黄金时段的发型和妆容(假发套、性感小猫眼等等)。然后坐在台上录制五点的节目。那里的每一个人都很忙,我估计这也是为什么西蒙总不能好好地把自己的衣服扣系好的原因。

日程紧凑还能接受,关键是我不喜欢评论别人,更不喜欢语出伤人。这是做这个节目最难的地方。我可以穿着睡衣坐在家里很轻松地评头论足,但当我坐在评审席里,眼睁睁看着那些全心尽力投入在比赛里的孩子们时，我很难做到。这些孩子离我只有几米近。他们望着我,希望能听我说些好的。坐在身边的西蒙不时安抚着我。负面的东西我实在说不出口,所以有时候就算表演很糟糕,我能说的也只是"真棒"。

我知道当评审要负责任，要发挥出作为评审的价值,但对我而言它终究还是批判,是一种看似比较轻松的批判。你仍然会语出伤人,而我不喜欢这样。我脱口秀上不会这么做,生活中也不会这么做。我根本就不会去伤害别人。

另一个原因是,很多参赛者觉得,如果不能站在《美国偶像》的舞台上,路好像就走到头了。如果他们被请下台,他们认为自己就全完了。但事实却不是这么回事。我在那儿的好处就是可以告诉他们,这只是一场比赛,赛场外还有更多的机会等待着他们。其实,第二天我会邀请这些参赛者上我的节目,把他们介绍给更多的观众。我非常喜欢这么做。

　　这雷同于择业,或者面对生活中的很多抉择。路还是要走下去,尽管总会有崎岖不平,尽管过程中你会上下起伏,但路还是不间断的。对我来说,《美国偶像》让我跌坑里了。很刺激,我很感激这次经历。但同时,我选择退出。我要沿着我该走的路,继续走下去。我现在拥有自己的唱片公司,可以发掘培养人才。这感觉棒极了。

　　我仍然是《美国偶像》的超级粉丝,每周必看。兰迪一直留在了那个舞台上,他很有经验,也很诚恳。评审席上有穿金戴银的大牌明星,梳着漂亮头发,化着惊艳的妆。还有珍妮丝·洛佩兹,她看起来也很不错。我很爱看这个节目,但我现在更开心,终于能在自家沙发上跟波西娅一起看节目了,而能被批判的就只有波西娅的厨艺了。(开玩笑的! 她厨艺一直很赞。)

基本礼仪

我从不迟到。事实上，一般情况下我都会早到。有一部分原因是，我尊重其他人的时间，另一部分原因是，我从欧洲回来后就一直忘了把手表的时间调回到正常时间。我最近专门做了一个科学实验，研究对象是身边的朋友、亲人以及电线工人，结果我发现一个普遍现象：大部分人都爱迟到。

不知什么时候，迟到已经被人们习以为常。不知道从谁那儿开始盛传说，"重要人物都会晚到"。这种说法真是害人不浅。也不知怎么想出来的，总之是给大家都洗了脑，让大家做一些听起来时尚却并不高雅的事。我敢肯定是发明裙裤那家伙干的。

　　我记得,有一次我和波西娅请一对夫妇过来吃饭,结果他们晚到了两个钟头。你没看错——是两个钟头。一百二十分钟。也就是七千两百秒。我让他们七点到,他们九点才来。他们现身的时候,火炉里的柴火都已经烧尽了,蜡烛也都燃化了,我也已经烂醉如泥。从四点半算起,我就已经喝晕了,但这无关紧要。

　　如果有人请我吃晚餐,让我七点到,我就中午到。如果我到的时候他们还没有准备好,那我一下午就在他们家翻箱倒柜。我从来不会晚,因为我知道,如果我迟到,人家一整晚的计划就会泡汤。晚餐聚会的内容基本上大同小异。你请人家七点来,七点到七点一刻之间你会等他们出现。你们聊十八到二十分钟,拿出几盘开胃菜吃吃,七点四十五的时候准时开饭。吃一个钟头,喝两杯,然后激烈地讨论政治,九点你开始打哈欠,客人也就知道是时候该拿衣服走人了。如果客人九点才来赴约,那么所有这些节目都必须要往后推迟。吃甜点的时候,我都已经要睡觉了。一点不假,平时这个点我都已经去听催眠曲了,衣服都脱了。

迟到不可避免。一般人晚到个十到十五分钟我都可以理解，但是如果迟到了一个钟头，你最好有一个充分的理由——譬如,你在车里的时候突然临盆,产下小宝宝。如果你迟到超过一个钟头,那么你最好带着一群小宝宝来证明自己确实情有可原。

我注意到,人们连最起码的礼仪都没有了。有多少次,你帮别人扶门的时候,别人会跟你道谢？又有多少次别人开车加塞跑到你前面,会向你示意表示感激？东郭先生和狼的故事的现实版,咱们都有过类似的经验教训。

人们不仅无礼,而且越来越没有底线。由于我车上的便利马桶被拿去维修,我最近不得不跑了一趟公厕。旁边的人在讲电话,公众场合,完全无视其他人的存在。一方面我为她

感到高兴,她儿子拿优秀奖,老公升职。但是我完全没必要知道她身上的皮疹只不过是骑车时的擦伤。

在我的成长历程中,电话不能被随手拿着到处跑,因为它被固定在了厨房墙上。打电话肯定是因为在你闲得无聊,翻阅菜谱或者在装满钢镚的杂物抽屉里乱翻的时候。就连弯腰系鞋带都不行,否则你就被六英尺长的电话线给活活勒死了。

一点不夸张,如今我们随手不离手机,它甚至影响到人们的正常交流。你是否跟某人聊天的时候发现他根本没注意你在说什么?他那是装出来的,每隔几秒就会回应:"嗯。嗯。哦是吗?真不错。"然后你纳闷了,感冒了能有什么好不错的?

别人难道意识不到我们可以根据背景传来的噪音来判断他们的位置吗?我知道你在看电视,我听到了空调的声音,而且我敢肯定你没跟他在一起。我知道你在超市,我才听到葡萄特价的广播。我知道你在健身房，我听到有人让你感受燃烧脂肪的疼痛。至少我希望那真是健身房传来的声音。

　　我有一次看到一个女人一边打电话，一边化妆，还看报、发短信、发微博。我朝她走过去说："嘿，别这么三心二意，你可是我的治疗师啊。"

　　我想表达的是，当今社会缺失最基本的礼仪。1950 年代的人们非常讲礼貌。他们会操着澳洲口音说"女士，早""先生，早"。我所讲述的好像是澳大利亚内陆地区的情况，总而言之，那时候人们非常讲礼貌。瓦利和比夫用餐的时候从不迟到。电视剧中，小狗莱斯利从井中救出小男孩提米之后，提米写了封致谢信，还送了它一张丹尼餐馆的代金券。这十年来最火的一首歌叫作"别那么残忍"。（不知这首歌是否与礼貌问题有关，我只是觉得你可能好奇想知道一下。）

　　也不是让大家完全回到远古时代。那时候女士们都还得

穿塑身衣,我看还是免了吧。我们改改。多用"请"和"谢谢",尽量做到守时,对别人态度稍微好一点。这些都是我们能力范围内的。这让我想起玛格丽特·米德的那句名言:"毫无疑问,世界将被一小部分先进个体所改变。"这是玛格丽特·米德说的还是上个月"来源资讯"上的星座运程,我记不太清楚了。不过我想借此请大家友善对待别人,并且记得要守时。

请。

谢谢。

桑　拿

出汗最能使人身心受益,所以我经常穿着厚厚的记忆垫
内衣往外憋汗。我现在正把自己闷在桑拿房里。这样能帮助
我放松、排毒、消除大脑疲劳,为我扫去陈旧,让我更好地吸
纳新鲜事物。

桑拿房里很热。我知道适当出点汗是好的,但不确定大
汗淋漓是否有点过。我的袖子里已是汗流成河。或许该把浴
袍脱下来散散热,但我不那么习惯在大庭广众之下赤身裸
体。不过 SPA 里的女人们可不这么想,这里就相当于她们的
裸体主义殖民地。我没去过那种地方,但我想象应该就是这
种情景,一堆裸露的人弯腰抻拉着,就好像自己马上要参加

赛跑似的。

我的眼睛开始感到酸痛。倒不是因为看了不该看的东西,呃,确实是多看了几眼光溜溜的人体,但我觉得主要原因还是这股难以忍受的热浪。此时的桑拿房里肯定得有五百多度了。我小时候,有一次把头放在烤箱里,想把自己烤出小麦色。现在桑拿房里比那时候还要烫得多。这感觉更像是触摸到太阳炙热的表层,或者像被泡在辣椒罐里。

我的面护师的助手的助手告诉过我,桑拿对皮肤很有好处。我才从《危险境地》这个节目上学到,皮肤是人体面积最大的器官。当阿莱克斯·特莱巴说:"这就是人体最大的器官。"我嚎叫出:"大腿!"我当然是在开玩笑。嗯,我其实也没开玩笑,但我这么一叫,大家就开始发笑,所以我也只能装着是在开玩笑。我有时候说错话的时候经常这样,别人会把我说的当成是玩笑话。他们会说:"噢,艾伦,你太好笑了。"我就回他们:"是呀,又把你们逗乐了,你们几个笑点真低。"接着我赶忙把话题转移到马特·劳尔身上,或者其他什么事。

有可能我坐得离火炉太近,连睫毛上都开始滴汗。这时候喝点水也许会好。我喜欢 SPA 里免费提供的鲜黄瓜水,实在很爽口,喝完就像是给口腔做了个全套护理。鲜黄瓜水要比酸黄瓜水好喝多了,尽管它们是同一种东西提炼出来的。我不是不喜欢吃酸黄瓜,但每次按摩完,我更想来一杯清淡的鲜黄瓜水,而不是咸咸的酸黄瓜汁。在办公室里坐了一整天后,我回到家,总捧着一大杯酸黄瓜汁坐在电视前。

我又开始胡言乱语了,我才不会喝那玩意呢,刚才那是骗你的。肯定是这股热气搞得我神志不清。不过话又说回来,如果我突然昏倒,我浴袍下至少还穿着 T 恤套短裤,外加斯潘德克斯弹性纤维背心,保证不会春光外泄。但如果……(作者此时晕过去了。)

对于一些常见问题的回应

对。

是的。

不是。

高中有过一次。

二十岁的时候有过三次。

酒，喝。

是的。

四次。

绝对没有。你这都敢问！

我拒绝回答其他问题。

被 定 义

　　我总是不幸被人定义为"同性恋脱口秀主持人"或是"素食兼热爱动物的人",或者是"史上罕见的跳舞明星"。自从变身为封面女郎之后,人们逐渐把我归纳为是另一个"有着漂亮脸蛋的金发模特"。他们开始不把我当回事,那段时间很难熬。真的很难熬。

　　固化思维总是让人忍不住乱下定义,乱下定义就造成了惯性的一概而论,一概而论又造成了惯性的胡猜乱想,胡猜乱想最终把人们引回到乱下定义。这是个恶性循环,几轮过后,你也会开始信以为真,认为素食者只吃洋白菜,所有同性恋都喜欢音乐剧。(顺便说一句,现实生活中绝对不能运用音

乐剧这种表现形式。比如家里需要买橙汁的时候,我如果突然对着波西娅高歌,估计她不仅不会积极配合响应,反而会很担心我是不是生病了。)

我们不能凭空乱下定义。尽管人和人之间有着许多的相同点,但并不是所有结论都是正确的。你不能说纽约人都很粗鲁,或者洛杉矶人都是无业游民。你不能说金头发的人都很笨,或者白人的弹跳力都很差。你也不能说有钱人都很势利,或者艺人都很自以为是,以自我为中心。随意得出这样的结论是很不对的。

话题最好还是回到我身上。关于我的很多封号都是围绕着同性恋这个主题。以前我还真没发觉,有关同性恋的说法竟然如此之多,直到有个女人问我养了几只猫,我才开始意识到问题的严重性。当我回答她我有三只猫时,她第一时间做出反应来:"噢,你是个不伦不类的同性恋!"

　　刚开始我想，是啊，我是个拉拉，这已经不是什么秘密。后来又一想，养猫什么时候成了针对同性恋的标志？我以为一般只有单身或者寂寞的人才会养很多猫。看见了？这又是另一个固化思维。

　　她的这种观念让我着实吃了一惊。光凭养猫的数量就可以断定我是个同性恋吗？为什么三是同性恋的专有数字？如果只养两只猫就变成非同性恋吗？那养四只是不是就是超级同性恋呢？我希望能纠正一下那些不晓得真实情况的人，我现在就可以拍胸脯告诉大家，养猫跟同性恋一点关系都没有。倒是有一些其他的特征可以帮助你推断出谁是同性恋。

　　猫的事儿又使我想起了自己刚公开性取向的那段时间。那时候，有些人认为我还没达到同性恋那个级别，而有些人则认为我太过于同性恋了。我一开始不知道，原来公开性取向的同时还要明确告知大家我究竟是多大程度上的同性恋。这样做有必要吗？有意义吗？我只能说，对于我自己来说，我

就是个十足的同性恋。

　　这就是为什么那些固化思维和乱下的定义对我来说是如此至关重要。很多人都喜欢一概而论。在他们先入为主的观念里,总是自以为是,觉得用几个字就能轻描淡写地概括出一个人的全部。可我认为你必须在充分了解一个人之后才能得出结论。你可以通过交流、问问题以及读他的日记来了解他。

　　我跟别人真的没有什么不同。如果你非要定义我,那么你可以说我更像是个很接地气儿的邻家女孩。嗯,也许还没接着地气儿,是快要接着的那种。

写给孩子们 Ⅰ

从小宝宝到老伯,大家都爱看我的脱口秀。我的节目老少咸宜,惊险刺激,就像是个游乐园,或者白天开放的脱衣舞俱乐部。

信不信由你,我的广大忠实观众都是奶嘴级的。我一直以为他们崇拜的是我的喜剧造诣以及访谈技巧,但后来发现,其实他们最欣赏的还是我优雅的舞姿。

知道孩子们喜欢我的节目让我感到十分开心,所以我特别将这章献给他们。接下来的几页,你会看到一些非常酷的

图案，你可以让小朋友们上色。这就像是个填色书，甚至更好，因为是在我的书里。你自己也可以随意涂抹。古人云："活到老，玩到老。"

真
的
……
逗
你
玩

106

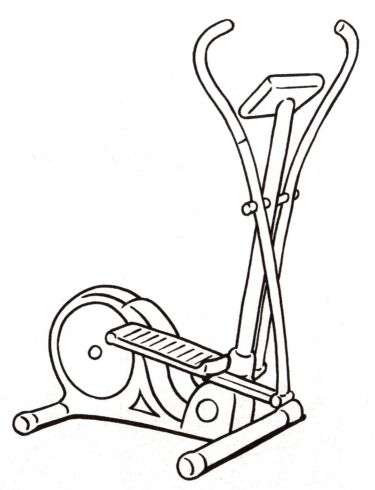

真的……逗你玩

写给孩子们 II

对于孩子们的了解，我最清楚的就是，他们很难真正理解"无价的沃霍尔(priceless Warhol)"这个短语。

我还知道他们都喜欢听故事。如果决定权在他们，我想他们会让你把同一本书一口气读上五百遍。如果那天你不幸选中《战争与和平》，那就会比较惨了。

来回读同一个故事会让朗读者感到极端无聊。还是找艾伦大婶来帮你解决吧。在这章里，我写了一个孩子们永远也读不腻的故事。同时你也会很愿意读。所有括号里标注的都是写给你的，但是千万别大声读出来。

现在就给孩子们穿上睡衣吧，我们来读故事了！

美女公主的一段刺激的历险记

艾伦·德杰尼勒斯　著

很久以前，在一个遥远的地方，有一个非常非常漂亮的公主，名叫伊丽莎白。她有着一头飘逸的金色长发(都是假发编进去的)，头上总是戴着个发卡。她永远不摘她的发卡，甚至连吃早餐或者在湖里游泳的时候都不摘。

村子里的人都觉得国王和皇后生下的是个奇怪的小孩，但是伊丽莎白才不在乎呢，她从小到大天不怕地不怕。(她跟好多老男人都睡过。)

她父母想让伊丽莎白公主就近嫁给隔壁村子的有钱王

子,但是公主想在结婚前玩个够,也就是说她想经历一系列性交和毒品——

哎呀呀,实在是抱歉,刚才那句我忘了画括号。希望你没有读给孩子们听。真是对不起!

国王皇后都很惊讶,自己的女儿居然不懂得抓住机会,很多姑娘可都是馋涎欲滴地想嫁给这位公子哥呀。但公主既然已经决定了,他们只好取消了婚礼。

公主狂喜。她立刻背上行李,踏上了一段惊险刺激的魔幻环球历险记。(她的第一站是阿姆斯特丹。她很快搞了个纹身,然后就玩上了即兴表演。)

她周游了各大洲。(是有七个吧?)某一天,她走在美丽的伦敦街道上。一股强风突然吹过来,把她头上的发卡吹跑了。她匆忙追过去。这时,路上正好开来一辆车,刹车踩得太狠,

整条街道的行人都停下来看。

　　司机走下车,公主把蓝眼睛(戴着美瞳)睁得大大的。这个司机就是王子本人。

　　伊丽莎白不能解释为什么他们互相见到对方时都这么开心。他拾起发卡戴到公主头上。(发卡被车轧成了四片,他必须一片片摞起来插。)他说他也想在结婚前自己到处走走玩玩。如今这对幸运的年轻人在这里相会了。他们紧紧依偎在一起。

　　(他们回到家乡,一年后结婚。随后的时间里,伊丽莎白都在努力生孩子。她仍喜欢屋里屋外戴着她的发卡,让别人觉得她是个彻头彻尾的怪人,而且她直到六十岁还留着一头长发。国王去世后,皇后跟公主她们搬到了一起住,这让公主的感情生活遭受了一定的危机。尽管最终度过了艰难的时期,但感情裂缝还是很难完全愈合。他们在财务上也是时起时落。孩子里有几个不太聪明的。尽管命运让这对夫妇在伦敦相遇并走到了一起，但他们还是不免怀疑人生。如果当时她没戴着发卡，也许这两个人根本没机会遇到对方。这种事，没人能知道。）

两人从此过着幸福美满的生活。（才怪！）

磨 嘴 皮

签约要主持这个节目的时候,我并没有意识到自己会被这几件事缠身。一,节目开播的前三个月,我一直重复梦见……二,我完全不知道自己居然要讲这么多话。既然我的岗位是"脱口秀主持",我主要把自己摆在了"主持"的位置上。我会为每个特约嘉宾精心挑选蜡烛,调试灯光,准备香槟和新鲜草莓。我甚至还准备了柔软的浴袍和内衣裤,以备有些人希望轻装上阵。不过这也铸成了大错,我因此被很多人误认为我是在暗恋他们。

我的工作需要很多的精力,而且让我无法脱身。相信我,我真的尽力了。在直播室里,你总能听到这样的声音:"你签了约,就得待在这儿……"

不一般的压力。如果我不讲话,这节目就做不下去。就像写这本书一样,如果我不动笔,它就是白纸一张。

不动笔就会像上面一样,完全空白。知道什么叫压力了吧?

我不只需要玩命说话,还得玩命听。问完嘉宾问题,我不知道他们会如何作答,所以只能注意听。平时生活中,如果我问某人一个问题,完全可以点头假装在听,而脑子里可能想着其他事情,比如我的猫。如果在节目上这么做,就会被人批判为"对嘉宾太没礼貌"。

我喜欢我的工作。让我先来分解一下我每天的工作量。开场就是我的独白,也就是不停讲话,偶尔哼上几句小曲儿,

像我这么美妙的声音不展露一下简直就是浪费。接下来我坐下跟 DJ 闲扯几句，然后跟观众说说我的近况。我非常喜欢跟观众们聊。过去这九年来，我对大家逐渐产生了感情。尽管我们的这种关系很是微妙，每次全听我一个人讲，节目做完之后大家又都各奔东西，但就是这种特殊的关系让我留恋。

跟观众聊完以后就进入广告时段。趁着休息时间，我跑去找制作人闲谈。他们会告诉我，我看上去挺不错，然后夸我说的哪段哪段很搞笑(一般都是比较爆笑的段子)。倒也不是强迫他们非说不可，不过说我好的人会得到好处。广告结束后，我继续跟嘉宾聊。我也很喜欢跟嘉宾聊。我有不少机会采访到一些很棒的人，有演员，有音乐人，还有世界级领袖人物，譬如美国总统，当然还有贾斯汀·比伯。

可你们要知道，不是每个人都那么容易交流。大部分人上台是来分享一段精彩的故事，给大家带来无比强大的力量。我们相处很开心，一起跳舞、闲聊、喝酒。但有时，嘉宾也会不太配合。我不想指名道姓，不过可以指一个，小哈利·康尼克，跟他说话就像对着一堵墙似的，根本白费功夫。我装都装不好。

与嘉宾做节目聊天就像跟一个你只见过一两次面的人一起参加鸡尾酒派对，刚见面的时候不知道该跟对方握手还是拥抱亲吻，两人只好做出一系列尴尬的连环动作——握手，似抱非抱，转头要亲脸，但方向没把握好，嘴都快碰到一起了。

坐定后，我总会在第一时间说点恭维的话来赞美嘉宾。我会说，他们看上去很不错，然后他们会回我说，我看着也挺好。或者我会说："很高兴终于能有机会见面"，然后他们会数落我说："咱们前不久才刚见过面。"

这之后他们就开始讲述自己的故事。

　　我听过很多故事,最后总结出一套规律。首先,故事开头你就基本上能判断出它究竟多大程度上会让你感兴趣。如果嘉宾一上来就说要给大家讲讲家里新买的搓澡巾,那之后的内容肯定没法听。但如果嘉宾说要讲讲在野外丛林生存十几年的经历,那里除了野果和杂草没有别的,这效果就大不一样了。

　　总而言之,我的工作就是让对话进行下去,而且要带动全场,营造出一个正面、乐观、向上的氛围。为此,我总结出一套具有指向性的问题提纲。如果有一天你也想主持,我绝对支持。以下可供大家参考:

　　1. 能报一下你的真实年龄吗?

　　2. 你究竟把纹身纹到哪去了?

　　3. 你身上的洞究竟打在了哪里?

　　4. 你皮带的故事简直太精彩了,给我们再多讲讲行吗?

　　5. 能给大家再展示一下你太太在浴缸里生宝宝的照片吗?

　　我真心热爱我的工作。我喜欢每天都能与不认识的人接触，我喜欢给观众介绍新歌、新人，我也喜欢帮助别人。当个哑剧演员可能也没多大意思，也许他们什么都不用说，但脸上得化很厚的妆。

各有利弊

　　大家举手示意，有多少人面对抉择的时候会感到困惑？算了，我才发现我根本看不到你们谁举手。真希望能看到你们。当然，也不是所有人。不知道你们此时都身处何地，也不知道你们在读我这本书的时候，周边究竟是什么样的环境。我自然更希望看到你盛夏坐在科罗拉多州某个公园的长椅上。科罗拉多州的夏天非常美。

　　又或者你严冬时节坐在科罗拉多州的火堆旁，靠着落地窗，俯视欣赏着眼前的一片雪景。冬天的科罗拉多州也很美。

　　就算不在科罗拉多州，我依然期待能与你们见面。但是部分人群在阅读的时候习惯坐在浴缸里。如果是这种情况，我还是不见为妙。除非你秋天在科罗拉多州，从浴缸那个角度一眼望去就可以看见茂密的森林。如果是这样，让我也看看吧。

既然在现实中看不到你们，我只能凭空想象，你们遇到抉择的时候都应该会感到很困惑吧。有时我自己很难做决定的时候，就会想，我跟读者其实别无两样。（还有谁会把酒当水喝？哈哈，我也是！）

在我职业生涯中，有过好几次面临要做重要决定的时候。这其中，很多抉择一生都影响着我。

有好多人非常轻易就能决定一件事，他们知道自己想要什么。我管这些人叫"抉择者"。也有好多人不太能在短时间内做出任何决定。我管这部分人叫"烦人"。一个很有趣的现象就是：在星巴克排队买咖啡的时候，抉择者经常会被"烦人"堵在后面。

　　每当我需要做决定的时候，我都会把利弊都归结出来，这样一眼就能看到自己正在面临什么样的抉择，从而选出对自己最好的解决办法。我极力推荐这种方法。无法决定自己是否应该辞掉大城市的工作，搬到小村庄生活吗？把利弊都列出来吧。不确定是否该为自己办个大型、奢侈的婚礼还是私奔？把利弊都列出来吧。无法选择是给自己买个豪华轿车，还是该送孩子上大学？把利弊都列出来吧。

　　为了让你们清楚看到列出利弊会怎样帮助到我们每个人，我列出了所有列出利弊的利与弊。看完你就会知道自己究竟适不适合这种方法。

列出利弊的利与弊之
利

* 它能帮你做出经过充分思考的决定。

* 它能帮你理清思路,把握人生。

* 它能帮你拖延做决定的时间。

* 在飞机上,隔壁坐着吸引你的异性。你发现你只有纸,忘了带笔。你问对方是否带着书写工具,能否借给你,然后你们开始一段有意思的谈话,例如春天时在巴黎的经历。之后你们爱上对方,结婚,从此在云朵做的大房子里愉快地度过一生。

* 它很好玩。

列出利弊的利与弊之
弊

* 它能强迫你充分思考,迫使你不能再说:"我不知道为什么会买这把一万美元的古董勺子。我脑子坏了。"

* 它能减少花在睡觉或是玩游戏上的时间。

* 它能减少真正花在抉择上的时间。

* 它容易让人海阔天空地发挥。

　　* 在飞机上,隔壁坐着吸引你的异性。你拿出张纸,接着在包里乱翻一气,然后你找到了笔,一高兴,高喊了声:"找到了!"同时抬起胳膊,结果正好打到身旁他或她的小桌板。小桌板上的杯子翻了,里面的水溅湿了身旁的他或她、你以及此时路过的空姐。你弄得身边每个人都很不高兴,所以接下来的六小时你必须一动不动地老实坐着。你因此不能和身边的这个陌生人结婚,但这是你六岁起就一直期待发生的。

　　* 它会让你忘了自己究竟在抉择什么。

向更多的人致谢

我才想起,鸣谢那章里有几个人我忘了感谢。迪帕克·乔普拉,我的三年级老师;我的爱猫查理、乔治,还有切尔曼,它们是我忠实的伴侣;我的爱狗沃夫和梅布尔,它们是我黏人的小伙伴;美国航天局的所有人员;凯特;还有我今天在超市碰到的一位绅士,他让我在他前面结账,因为我手里只有一样东西。谢谢你们!

宝宝、动物、动物宝宝

总有人问，我和波西娅打算什么时候要宝宝。如果你也好奇，那么请先不要在街上堵我，或者发邮件来炮轰，我现在就可以告诉你：我们不要孩子。以前确实有过这个想法，毕竟我们俩都非常喜欢孩子。他们吃饱喝足、洗干净之后还是挺讨人喜欢的。但我们最后还是决定不要自己的孩子，因为家里玻璃实在太多，都打烂了不好收拾。

几年前，网上有个投票，我和波西娅被民众选为最值得信赖的一对夫妻，他们甚至愿意把孩子放在我们这儿寄存。这消息着实让人心花怒放，但是请大家先不要把孩子都送来给我们托管，其实我们对孩子了解甚少。我就只知道从哪头儿喂食,能分清正反面。我比较会分男宝宝的正反面。另外,我还知道宝宝们刚生出来的时候黏糊糊的,还发出奇怪的山羊声音。不好意思,我产生错觉了。

为人父母相当不容易,大家都这么说,是因为这确实是真的。我实在想不出,这世上还有什么能比这更辛苦的工作。除了那些玩微雕的人,那种工作简直太细致了。

我和波西娅,在我的小侄女伊娃和她父母身上学到不少东西。就算你有个世界上最宝贝、最招人疼、最可爱的宝宝,把她抚养成人依然是一项艰巨的任务。(我知道全天下的父母都认为自己的孩子是地球上最可爱的,但事实并非如此,伊娃才是最可爱的。)

我们需要很有耐心,而且要时刻注意自己的行为举止,因为这些小精灵,打从他们来到这个世界,他们的小脑袋瓜子就像海绵一样吸个不停。我们也需要特别小心。如果你不

是特别小心，那你马上就会知道要把艾伦阿姨和波西娅阿姨阳光屋仿古地毯上的葡萄汁清洗掉得有多难。

应该给所有父母都颁发奖牌或者奖杯什么的，就是保龄球赛后拿到的那种，只不过上面的造型不是一个人在打保龄，而是父母俩打扫完沙发后坐下来看无聊的电视，他们的儿子或女儿已经在另一个房间酣然大睡。也许单单一个奖杯放不下这么多内容，不过我就这么个意思。

首先，生孩子这件事工程浩大。细节我就不详说了，总之非常疼，我会受不了的。接下来的十八年，你将把这个孩子养大成人。你会问一些以前从没想过会问别人的问题，比如："谁要拉粑粑？""妈妈求你，把内裤从脑袋上摘下来好吗？""你哪儿打洞了？"

孩子一到十八岁成年，你就以为工作已经完成了，地下室终于能有机会干净一回了。结果不料，他们又回来了。我读到一篇文章,如今百分之八十的大学生毕业后都要搬回家和父母住。百分之八十! 我觉得应该更像是百分之百,只不过有些家长比较精,他们没说一声就提前搬走了。

一些做父母的可能会感到非常绝望。你原本的梦想是送孩子出去读书,将来干些大事,你就没打算再让他们回来,更何况他们的房间早已经被你改装成自己的运动室了。

这种事绝不会发生在动物界里。小鸟长大了就是要飞出鸟巢,自由翱翔。鸟妈妈会想方设法把自己的孩子们赶出窝,让它们练习飞翔。鸟妈妈会先拍拍翅膀安抚大家,然后给它们看看能飞起来是多酷多好玩的一件事。鸟妈妈会围着鸟巢转圈,玩藏猫猫,然后落到另一个枝杈上催促大家:"赶紧走吧,我一会儿还有客人要来。"

小鸟一旦离了巢,就自己飞,自己搭窝。它绝不会走了之后,身上弄几个纹身,然后再回来讹它妈妈的钱。人家小鸟会

自己觅食,然后在网上发简历找工作。

我认为家长们可以从大自然中学到很多东西。不仅可以学小鸟,还可以向牛羚学习。小牛羚刚一出生,父母就让它学习走路。如果它们学不会,就会被大狮子一口吃掉。我的要点是:家长们,孩子上完大学您就别再操心了。如果花了那么多精力和金钱把他们送去上学,他们居然还要回来,那么你就得赶紧找只狮子来把他们都一口吞掉。

算了,狮子太危险,容易误伤。考虑换锁吧。

我和波西娅没孩子,所以我们俩总是能精力旺盛,天天面带笑容。不过我们倒是养了好多宠物,而且对待它们就像一家人似的。我们有两只狗,梅布尔和沃夫。三只家猫,查理、乔治、切尔曼;两只在农场里放养的猫,汤姆和小妹妹;两匹迷你马,汉娜和翠吉;我们还有两头牛,哈利和麦当娜,这些是唯一可以进房间跟我们一起同床共枕的。

　　我们对它们真的就像是对自己的孩子一样。可能不会为它们穿衣打扮，但是每逢周五会总会带它们参加亲子活动。能想象牛在音乐教室里有多可爱吧？

　　养动物可能不完全像养孩子，你不用整晚一直照顾它们。尽管我还是很负责任地这么做，但我大可不必。不过这些动物伙伴让我们学到宝贵的一课，万一哪天想要宝宝了还可以派上用场：宝宝的唯一沟通方式就是像头牛一样发出声音。如果宝宝饿了，你就喂他点干草，也许这些招数对付牛还比较行。不过我们清楚地知道一点，那就是，不要随便吓唬宝宝，而且你喂他的时候，手最好举平。这好像是喂马的方法。总之，我们可能还是对动物比较在行，还是不要宝宝了。

闲事清单

1. 多做几件闲事。

2. 去些很远的地方,了解不同的风土人情。(多看看探索台。)

3. 多穿白色衣服。

4. 学习展翅飞翔。

5. 造一只独木舟。

6. 告诉大家我会造独木舟。

7. 去看管弦乐,音乐会,歌剧。(多看看 PBS 综艺频道。)

8. 多对着几个人骂街。

9. 观看某个人跑马拉松。

10. 学习第三国语言,例如澳大利亚或英国式的英文。

我 不 懒

我不是个懒人。其实我很忙,工作也很努力。我主持每日
脱口秀,有自己的制片厂、自己的唱片公司,周末的时候还在
市中心经营二十四小时图文打印商铺。就算这样,我偶尔也
会犯懒,而且是出人意料的懒。

几个月前,在白天忙碌于全美及其他几个国家的娱乐工
作后,我回家坐在沙发上看电视的时候,突然间发现我的猫,
查理,不见了。一般情况下我一回家它都会来找我。我的其他
几只猫都很独立,每个夏天它们都会在欧洲背包自助游,钱
不够的时候找我给它们打钱。

　　但我和查理的关系可非同一般,我回家的时候一定会找它。别误会,我神经很正常,我只是喜欢和我的爱猫一起聊天、吃晚餐、看连续剧。

　　我以为它会在主卧,因为我不在家的时候,猫猫都喜欢在那儿乘凉。它们的"萌猫玩耍"视频都是在那儿拍的。

　　一般来说,我需要走到厕所或者大喊,它才会知道我回来了。但那天,我莫名其妙没有这么做。我们每个房间都有呼叫对讲,有客人来的时候特热闹。我经常跑到别的房间,拿起对讲冷不丁来一句:"你有什么需要对上帝忏悔的吗?神在听。"真的很好玩。

　　总之,我朝对讲机呼叫:"查理,我到家了! 查理! "挂掉后,等待它一如往日地朝我狂奔而来。直到波西娅对我望过来,我才知道大事不妙。

她问:"你是在跟猫说话吗?"

我看着她,别无选择,只好回应:"是呀,我是在呼叫猫。"

我的有利辩词是,我非常累,而且去厕所找猫很有难度,需要闯过一系列关卡:我必须乘双滑轮,然后坐电梯到三楼,穿过香槟喷水池子,扫描视网膜,之后解除 N 个警报设置。

好吧,我骗你的,其实只需穿过一个走廊。

我平时可真没那么懒,从来不会先脱掉袜子再脱鞋。无非就是,近来有一次,我钻进车才发现衣服上沾了点污渍,但随后还是直接开到了公司。我实在懒得回家换。

我觉得这种情况在每个人身上都会发生。你穿上衣服,非常兴奋,就在准备要离开的那一刻,突然发现衣服正中间有个喝咖啡时不巧溅落的污点,或者胳肢窝破了个小洞。也

就是说,你上次穿完后,洗都没洗就直接把它原封不动地放回了柜子,嘴里估计还振振有词地跟自己叨咕:"破的还不算太离谱,下次可以接着穿。"

此刻,你绝不想再花时间回去重新找出一件上衣来搭配你精心挑选过的裤子、鞋子以及手帕。你唯一能做的就是潇洒地耸耸肩,然后对自己说:"如果别人问起,就告诉他们,我是在来的路上弄脏衣服的。"

在现代高科技的催化下,我们都变得越来越懒。如今的车都自带自动停车装置(不仅帮助了所有懒人,而且还能帮助那些有需要的人在车屁股上多留几道刮痕)。自动地板清洁器替我们抹地板。感谢"榨汁先生",我们不再需要自己动手挤柠檬汁。

人类不应该这么懒的。我们不该在办公室里一连坐上好几个钟头,然后回到家,再继续坐在沙发上玩好几个小时的游戏,或者看《爸爸去哪儿》。

　　我承认我每天都看很长时间的电视。找不着电视遥控器时的抱怨,以及找到后,看《我竟然活着》,节目里一个水手漂泊在海中央的一块浮木上足足两个月——这些都让我倍感慵懒。

　　要不是因为太耗时间,看看真人秀其实也挺好。每个节目都差不多要花上两个钟头。看完一集《单身汉》,我的沙发硬是被我压出一个大人印儿来。我还喜欢看《美国偶像》、《生存者》、《明星实习》。这么算下来,那就是每周九十七小时的电视时间,如此仅剩下一点点时间可以关注那些真正对我们有意义的东西——Facebook 和推特。

　　顺便提一句,有些节目总是不断寻找"下一届"——下一届模特,下一届厨师,下一届设计师,歌手,舞者,创业者。照这么下去,很快就会有寻找下一届总统的节目,那我们足不

出户就可以选举了。"抱歉,先生,这次辩论你未能把足够的棉花糖塞进嘴里,你将不会再晋级。请把灯灭了。"

为节省大家的时间,制作商真应该把所有节目都融在一起,变成一个大烩菜。谁不想看看咱们下一届的单身踢踏舞明星兼实习生在野外生存,嘴里还哼着减肥歌呢?如果能再请来《美国偶像》里的瑞安·西克莱斯特来主持,大家都会愿意看的。

咱们今天都挑战一下极限,自觉站起来活动活动。知道该做什么吧:下蹲动作。多蹲蹲就好了。每看一段视频,就做一次下蹲。每玩一次游戏,就张开双臂——倒不需要投入别人的怀抱。然后再蹲,推拳。再次张开双臂,蹲下,推拳。

下面来活动一下胳膊:翻页。你们做得真不错。

此章为口述,但不是从其他地方摘述下来的。

志向：一个短篇小故事

"我长大要当一名宇航员。"年幼的达莉拉说。

"你是农村人，又不是在什么大城市，就连大城市的边儿都沾不上。"她妈说，"乖乖留在这儿种地吧，你永远也别想当上宇航员。"

就这样，达莉拉在田里干了几十年农活，也老了。她临终的时候，当地村民在边上照顾她，她翻了翻身，问道："我当上宇航员了吗？"村民回答："是的，你曾是一名出色的宇航员。"她说："真的？我当上了？"村民说："嘘……少说话多休息。"

社交能力

　　人类从没像今天这样轻而易举就能快速直接地表达出自己所有的想法。难以置信，不久前我们都还在用书信交流！（如果这本书是你给孩子们读的睡前故事，我强烈建议你顺便给他们讲讲手写书信、老式唱片机、录像带、老电视剧。）

　　现在都没人手写书信了，也就是说没人再找笔友了。我记得十岁的时候我交了个笔友，跟他通信曾经是我人生最大的乐事。他叫史蒂夫，住在一所巨大的豪宅里，宅子居然大到有自己的名字，叫路易斯安那州州立监狱。他说那儿比市长的家还要大。我们书信来往，他让我把自己最喜欢的几本书给他寄过去,另外再找些破铜烂铁或者随手可见的树枝什么的,还有家里所有的钱。我把东西都找齐后,装进箱子,贴上可爱的小猫贴画,然后寄给了他。那时候真好玩。后来我们就不再通信了,因为我搬到了另一个城市,而他则搬出豪宅,自己单独住了。他管那个地方叫"单独囚禁"。他丰富的词汇量让我佩服得五体投地。

我一直很喜欢写作,喜欢手中握着笔的感觉。每当我在纸上写下什么,总觉得自己是在创造某种艺术,就算纸上留下的只是一束花,或者简单一句,"再敢停在我的车位就让你不得好死"。写作的感觉真好。

拿笔书写的这个过程强迫我们花时间去思考。我们现在只用按键盘就能不假思索地删除、更改,想怎么着都行,这样未免太过娇惯自己了。想想史前人吧,写点什么还得把字都刻到石头上去。"亲爱的克罗格,我出去找吃的,二十分钟就回来。格罗格。"单单这句就需要花上好几个钟头。如果写错

了就得出去再找一块石板重新来过,连续这么几次,有可能连觅食的时间都腾不出来了。对于山顶洞人我了解不多,只知道他们有些暴力。咱们不是非要什么都跟他们学,不过我们确实应该重新拾起笔来。

如今一切都变得自动化、随兴化,如电子邮件、短信、Facebook、推特、Skype、实时聊、iChat 聊天室、博客和YouTube。每个有想法、有观点、有问题、有答案的人,都可以利用电脑、手机、笔记本电脑、平板电脑或者在尚未研制的未来电子设备上如鱼得水般地发挥。经过改革后的未来科技,或许在我写书的同时就能神速地将它发表出来。

很久、很久以前,也就是 1990 年代,那时互联网尚不发达,不能在推特上发帖子。如果你想告诉别人你早餐吃了甜饼,只有一种方法可以办到,那就是走出家门,声嘶力竭地冲天大吼:"我吃了甜饼!"这也是为什么好多人被送到疯人院关了起来。他们看着像是疯了,但其实他们只不过活得比时代超前。

此时，也许某人在看我这本书的同时突然想来点小酒。我这么揣测，因为这正是我写书时的感受。于是这位读者发帖子到网上，"读艾伦的书需要来点小酒"。如果这样能让我的书畅销也不错。

现代化高科技的弊端就是它让人们逐渐失去社交能力。我们不仅放弃了书信，甚至还懒得搭理别人。大家太习惯短信，竟然会被电话铃声吓出一身冷汗，就好像手里拿的是警报器，一响准没好事。

接起电话你说："怎么着，谁遇难了？"

"没有，我是蓓琪，只是打个电话问候一声。"

"你把我吓个半死。不带这样的，以后不要随随便便拨我

电话,你不会动手发短信吗?"

　　和别人面对面才最不舒服。以前跟朋友出来坐坐,聊聊天,互相问问近况,这都是非常激动人心的事。现在你遇到别人都不知道该说什么好。你已经在 Facebook 上面看到他们去里约的照片, 也已经在推特上读了他们最近的饮食情况,她们也已经给你发短信诉说了她们的孕期恐惧症。你们只好大眼瞪小眼坐着发呆,直到两人都掏出手机,开始给其他人发短信。

　　现如今,你所说的每一句话都需要足够精简,因为人们的注意力也就能维持九秒钟。你只好简短地沟通几句,叙述每件事仅限在 140 个字母内完成。你等不及吃快干面,上来就要泡面。现如今,谁还有工夫在那儿闲等呢。

　　我们用上了 TiVo,因为大家根本没有耐心看插播广告。电影、电视剧,我们想什么时候看就什么时候看。不是我们选择了它,而是它选择了我们。

举个例子,你就知道现代人多么没有耐心。大家或许熟悉,1960年代的早期电影《艾德先生》,开场序幕长达一分钟。(给你三十秒钟,自己下载到手机上看看。)人们那时候别无选择,只能无可奈何地坐在电视机前干等。他们目不转睛地盯着屏幕:"马儿还是马儿,对呀对呀,没人能和马儿说话,那是当然,除非那马儿是我们的艾德先生!"就这么持续差不多一分钟后,节目才真正开始。现代的电视厨房节目,开场的吉他声刚一落地,画面就直接切入主题。

那时候电视上也没有太多其他节目,所以人们别无选择,只能干等,要是不想等就玩悠悠球。

大概以前的人没事可干的时候才喜欢看书。对于专门抽出时间来看我这本书的人,我表示十分钦佩,现如今还能安排出时间闷头看书,实属不易。顺便说一句,不知道为什么会

有闷头看书这种说法，难道会有人在意别人看书时的姿势吗？"哥们，你看书的时候怎么待着？"

"我闷着头。"

"你怎么不仰着？"

"不，我闷着头。"

"你确定不用侧个头什么的？"

"真不用，我看书的时候就闷着头。"

闷着头其实挺难受。我喜欢仰面躺着，或者尝试其他千奇百怪的姿势。

总而言之，我忘了自己要说什么来着。哦对，我们的注意力总是容易被分散,没有一点专注力……这样吧,对相关内容感兴趣的人可以上我的推特或者个人网站上查看更多信息。

和算命先生共进晚餐

近来有个朋友跟我说,她和一个算命先生一起去了个晚餐派对,这让我觉得非常有意思。让算命先生给你占卦是一回事,跟他们交朋友则是另一回事。他都能读到她在想什么吧?他能预知这个派对什么时候会冷场吗?他知道盘子里什么时候会空吗?

在我的想象里,朋友和这位算命先生之间的对话应该是这样的:以下情景剧中,我朋友将化名为"苏西",算命先生将化名为"算命的"。

苏西:嗨,我是苏西。

算命的:我知道。

苏西:你是怎么认识珍妮特的?

算命的:就知道你会问。我们俩是朋友介绍认识的。你呢,是怎么认识她的?

苏西:我们那时候一起去——

算命的:逗你玩的,我怎么可能不知道呢。帮你把那个菜递过来吧?

苏西:好的,麻烦你了。

算命的:就知道你想吃这个,不想再添点水吗?

苏西:不用,谢谢。

算命的:我知道你不用。

苏西:很高兴能认识你。

算命的:一会儿你牙缝里很可能会塞东西。

苏西:多谢提醒。

算命的:就知道你会这么回答。

想　　法

　　有句名言不知你是否熟悉——"有想法的时候一定要及时加以发挥利用，否则就得一辈子任人摆布"，这其实是我自己胡乱编造出来的一句话。

　　我写这本书的时候，很多想法不停朝我袭来——当我在外面吃饭的时候，深更半夜的时候，甚至于我在普拉提机器上把自己倒吊过来练功的时候。不知什么时候我就会有想法，因为我的大脑每天二十六个小时一周九天不停运转。我需要时时刻刻做好准备，平时我都会随身携带纸笔。别问我是怎么做到的，总之我每次有想法了就把它写下来，这样自己才不会忘记。

下面这段话是我半夜把自己倒挂在普拉提机器上吃晚餐的时候记录下来的，我希望向大家证明，想法无时无刻不有。

你注意过别人——等等，脑子里有个词突然卡住了，好像是"微笑"，又好像是"明喻"，我为什么会把它写出来？日常生活里用都不会用到的一个词语，我为什么会把它写出来？究竟是"Q"还是"G"开头来着？我不知道它到底是个什么词，是"猴子"吗？我记得刚才在想菠萝。不过这个词好像还不是菠萝，貌似看着像个菠萝，但它明明就不是。也许是"格陵兰岛"呢？我想应该是格陵兰岛，或者是冰岛？比约克住在哪个国家？这些都是我自己写出来的吗？是谁写的？是血迹吗？不会的，血不是浅蓝色，这绝对还是墨水。那个词到底是什么？航空奶昔？

抱歉，我本不该写这章的。

写给青少年朋友们

The chapter is 4 cool kids only. U NO WHO U R.

OMG. I'm so happy u r reading this bk. I no I don't know u, but u r so cool. LOL.

Just want 2 say hi and how r u. What r u doin 2 nite? I M going out l8r 4 dinr w/frenz. I hope they r on time or I will b :(.

Here's a fun-e stor-e. 1 time I told my bro LYLAS. He wuz like whaaaa? And I wuz like J/K! LYLAB. It wuz 2 funny. He wuz like u r 2 much LN. 2 much. LMAO.

N E way … do u like u2? I <3 U2. Do U 2 <3 U2?

GJKLE#*OJPOK,LVORPA//% $#. Ooops, I fell asleep on my keyboard!!!!!! OMG! ROTEL.

OK, g2g. TY 4 reading. KIT. :). TTYL. C U L8R. FSBO.

<3 E

(看不懂吧？这就对了，接着看下一章呗！)

写给那些想看明白上一章的成年人

这一章只写给那些酷孩子们看。你们应该知道自己是谁。

天哪，真高兴你们都在读这本书。尽管我不认识你们，但我知道你们很酷。咱们没照面我就已经猜到你很酷，光是想想这个就让我狂笑不止。

我只是打个招呼问候一下。怎么着，你们今晚都什么安排？我一会儿要跟几个朋友出去吃晚饭。我希望他们能守时，否则我会觉得自己很惨。

我讲个故事，你们肯定愿意听。有一次我跟我哥说："我像爱一个姐妹一样爱你,哥哥。"他不可思议地看着我说:"你瞎搞什么!"然后我就说:"逗你玩的。我像爱兄弟一样爱你。"真好玩。他说:"你简直太让人无法忍受了,艾伦!无法忍受!"现在我想想当时,还是觉得很搞笑,我下巴都快笑掉了。知道这对于我来说有多好笑了吧,我下巴都脱臼了,下巴没了!

总之,你喜欢 U2 乐队吗?我很喜欢 U2。你们也喜欢 U2 吗,我说的是那个乐队?GJKLE#*OJPOK,LVORPA//%$#。抱歉,我刚才打瞌睡,一头栽在了键盘上!!!!!!天哪!真不敢相信我居然睡过去了!

逗死我了,乐得我在地上直打滚儿。刚才我下巴笑脱臼了,现在我被逗得在地上打滚儿。

好,我起来了,马上就得要出门。我现在好开心。咱们一会儿再聊。谁知道呢,看看吧,说不定咱们一会儿就见。

爱你们的艾伦

最长的一章

　　从标题可以得知，这章是本书里最长的一篇。如果你想睡前或者出去晚餐前再抓紧时间读上一篇，那么这章恐怕不是你的最佳选择。因为它长，非常、非常长。

　　如果你愿意，我可以大概介绍一下本章的内容，还有它为什么会这么长，然后由你自己决定是否现在就读，还是可以等一下。如果你希望以后再读，我是不会让你为难的，放心吧。我觉得自己一向坚强。再说，是我让你选择读或不读的，如果我这就不让你去参加活动而是继续读下去，那岂不是很奇怪。

为了方便你出行,我特意把下一章写得非常简短。所以你可以先跳过这一章,放下书之前先看看下一章,之后有空了再回到这章。不过你可千万别忘了回来!也许你需要把这页折起来,或者夹上个书签,或者给自己写个便条,提醒自己不要忘了这一页。我知道折书会让它失去原有的美感,而且当你想要再把它卖出去的时候可能会折价。不过生活如此多娇,一切任由你选择。

这章这么长的原因是,它是本书最吸引人的一部分。我会告诉各位是什么改变了我的命运。

我不想企图让你为我留下。也许你跟你未来另一半会因为你晚到了几分钟而做不成夫妻,那我的罪过可就大了。

我知道大家都很想知道我从未跟任何人分享过的一些引人入胜的故事,我刚开始写这本书的时候老有人问我:"这本书里有我在别的地方听不着的东西吗?我干吗要买它?它

有什么特别吗？"我的回答永远一样："你为啥就不愿意买我的书呢，老妈？"

我明白大家什么意思。我天天在电视机前跟大家聊个没完，网上、杂志上也随处可见我的面孔。我写的那个关于花草的博客也已经有超过八十的读者。你们已经太了解我了。不过你们还不知道我所有的事，这也就是为什么会有这一章的存在。

我肯定也不希望一直强调这章有多长而让它变得更长，就好像我一直让你等啊等啊等啊，可我就是不说，不过相信我，我没有。

不过话说回来，我们又因此学到一课。也许我们都应该停下脚步，不要来回来去从一个地方跑到另一个地方，两地徘徊。也许你所做的一切都是可以等的。有时候等待是件好事。举个例子，饭后等半个钟头再游泳对你会比较好。有些人说这种说法丝毫没有科学依据，要我说，还是安全第一。我饭后总是等半个钟头再去接近有水的活动，包括游泳、洗澡、淋浴，还有淘金。

当然，不是所有让人等的事都会是好事。等在电话旁会让人心烦意乱；考试后等着出结果，或者等测孕结果，都能让人无比焦虑；在女厕外排队的时候也使人倍感烦躁，里面这帮人到底都在干吗，搞这么久？

如果你在等一部新电影上映，又或者等家里人赶快出门，好把房子让给你，这种焦急的心情同时又可以是非常激动人心的。它有种悬疑和戏剧效果，感觉肾上腺素像火苗一样在身体里往上窜，又有点像沙滩公园里沿着脏滑水道向下喷射的激流。

你现在可能已经急得满头大汗，心想："她到底要说些什么？她要爆什么料？我都快等不及听她爆料了！"

　　顺便说一句,非常感谢你能这么有耐心地从头到尾坚持读下来。既然我都已经明说了我要跟大家首次分享改变自己命运的故事,这个时候你如果没有往下读或者把书放下走开了,我肯定会认为那是种粗鲁的行为。

　　我要分享的不仅仅只是一件事,还有好多好多内容是我从没和别人讲过的。可以说每一页每一行都有很多信息,都是从我嘴里突然冒出来的新主意、新想法、新词语。现在就有一个,Quoth(说)。它是我从没说过、从没用过的一个词,在这里首次提到。

　　还有件事:我对青霉素过敏。这你应该不知道吧?我从没告诉过任何人,连我的医生都不知道。

　　另一件事我以前也没跟别人说过:每间舞蹈教室前面总有个大玻璃门。为什么就不能安个帘子把里面遮住呢?非得让路过的人流口水吗?我对紧身连衣裤并不反感,但是每当我赶着去隔壁间买咖啡的时候总觉得需要看的内容太多了，我大脑一时之间真的很难全部分解。

这些事我之前从没有和任何人分享过，我希望买这本书的朋友们都能感到自己很特别，因为只有你们知道这些事。这些额外的东西都是我写这章之前并没有打算要写的内容。

下面我真的要在这里告诉大家究竟是什么改变了我的命运，自从遇到了它，我的世界变得不再一样，这是发生在我身上最美丽的神话。

它就是，轻便地板瓷砖吸尘拖把。

其实就这么简单。我本来以为需要花很多精力来给大家做过程讲解，不过就现在来说，光凭这一个词就已经得以诠释。

我想这章并不是最长的。

推 特 篇

140 个字母内的一段评论：

How come when you wipe up dust it's called dusting but when you wipe up a spill it's not called spilling?

值得思考。

深思者与不深思者

也许大家对著名雕塑《思想者》都非常熟悉。一个坐着的男人，手托着头。这尊雕像是 1902 年法国艺术家罗丹创作的。它表现出一个人沉浸在自己的思绪中，思考着身边的矛盾与压力。碰巧我最近在西尔斯百货大楼的园艺品区看到一个仿制品，让人不得不停下思考。

因为地球上面住着各式各样的人，它才会不停转动。当然，也要有风来助一臂之力。思想者带给了我启发。关于思想者的类型，我的结论是这样：世界上有两种人，深思者与不深思者。深思者总是考虑很多问题，他们时刻注意自己的言谈举止，对于自己所做所看所听的每一件事都会仔细斟酌，考

虑后果。不深思者就是那些到处扔垃圾的人。他们认为自己的所作所为并不会给这个地球带来任何影响。他们以为这是什么年代,谁还会随随便便摇下车窗满世界乱扔东西。也许1968年的时候这曾经是种时尚,但是今天,这种行为一点也不酷了。

我们都要学做深思者。有因必有果,你会为你所做的一切付出代价。物理定律说,"力的作用是相互的"。知道什么意思吧? 我其实也不知道。大家都该想清楚我们来到这个世界是为了什么,能给地球带来些什么。我们只有一个地球,在整个太阳系里,除了天王星,地球要算是最重要的一颗行星了。

要想活得更好, 我们必须时刻意识到自己在做什么,在消耗着什么。不仅仅要考虑吃穿,所有买来用的东西都要被包含在内。我们都在过度消耗。买了那么多电脑、手机、电视、衣服, 就等于那些废旧物品都要被堆到垃圾场或者沉入大海。这并不好笑,而是作为人类大家都应该深思的一个问题。

就算你是住在地球上的外星人也该好好想想。每个人,不只是"嬉皮士"或者环保主义者,都应该深思。我也注重环保,但我不是嬉皮士。有一次我误抱了棵大树,活像个环保主义者。那是 1970 年代的事儿,当时我把树错看成我朋友朱莉了。

很多事都能对改善环境有所帮助。第一,如果你还没有养成分类处理垃圾的习惯,我都不知道该怎么说你。必须现在就给你这个警示,请注意分类处理垃圾!

第二,节约用水,最好的办法就是找几个人一起洗澡,既娱乐,又可以成为社交渠道。我家的几个清洁工一开始有点接受不了,还是园艺师帮我说服了她们。

另外一种低碳环保的方式就是去超市的时候随身携带自己的购物袋。我以前总以为背包就能充当购物袋使用,而且我十分清楚地知道,购物时把商品放进自己的包里应该算行窃。这么说来,请大家购物时务必记得要行窃。

　　想节约用电吗？不用电子设备的时候拔掉所有插头。我每周日都会拔掉日光浴机的插销，调暗舞池的灯。也许你可以每天找几个钟头拔掉电视插销，当然不包括我的节目时段，也不能把《鲨鱼》算在内，那确实是个不错的节目；也不可以是《单身汉》播出的时段，因为同事们第二天肯定要讨论一番。你也得看看《跳舞》节目。算了，还是不要拔电视插销了，随便你做点什么，把冰箱扔了都可以。你肯定会有办法的。

　　有些人一辈子都对自己的行为不假思索。这些人开车不打灯，用完厕纸不随手更换。他们不是成心的，只是不太注意自己。

　　让我们大家都来试着多感知身边的一切。在不踩到花花草草的前提下，多四处留意、多观察。不明白的时候多问些问题。就像小孩子总愿意问个"为什么"那样，你也问，然后你问了再问，问了再问，问了再问，问了再问，问了再问，问了再问,直到找到让你满意的答案,或者等保安把你请走。

我有个问题:如果地球正在以每小时一千英里的速度旋转,为什么我不可以跳上蹦床,几分钟后落在凤凰城的某个餐桌上,对吧? 咱们一起来深思一下。

写给语音听众

我知道有很多人在听这本书的语音版,我想特别向你们打个招呼。为这本书录音就像是在给动画片配音。我站在录音棚里,头上戴着大耳机,对着大号麦克风。附近没有摄像头,那我就不用穿裤子了。

那儿有个声效师。"嗨,杰瑞!"我对他招手。他人很好,他也对我招手。"嗨!"他现在举起一个牌子,上面写着,"我的名字不是杰瑞,我叫麦克"。

总之,你如此幸运能够听到我的声音,那么我就为你额外多录制一些奇怪的发声。

真的……逗你玩

对于那些听不到我声音的普通读者们,我在下面为你们列出了所有发声字母,鼓励大家动用大脑,想象从我口中发出的这些声音。

我我我我我我

发发发发发

叩叩叩叩叩叩叩叩叩叩叩

早安安安安安安安安安

鞠躬躬躬躬躬躬躬

巴噗噗噗噗噗噗

黄色色色色色色

肯塔基州!

砰

砰砰砰

扑通

柠檬汁

塞尔维亚

嗒哒

啪—啪—啪—啪—啪—啪—啪—啪—啪—啪—啪

噗噗

嘘嘘嘘嘘嘘嘘嘘嘘

哼！

诚　实

都说做人要以诚实为本,真是这样吗?

甚是。我认为诚实能够让一个人显得更加有魅力。(好看的脚脖也可以给一个人加分。)

诚实如此重要,却又很难做到。不是说大家都不诚实。我连你长什么模样都不知道。我深信你们都是善良的好心人,从来不会对自己应尽的社会责任视而不见。也许你甚至连说谎都不会,但咱们摸摸良心自问,谁没有说过谎呢? 我从不说谎,因为我太诚实。

看看,这就是个十足的谎言,我为此感到羞愧。

人们多多少少都会说谎。我看过一个统计,每人每天平均说谎四次。这四次都是因为什么事我不清楚,但我注意到,人们大都喜欢隐瞒年龄、体重、头发颜色以及她朋友家宝宝有多可爱,"快过来看看这对儿小耳朵,多可爱! 你可千万不能错过"。

我还知道:大家都爱在简历上造假;有时候我们就算嘴里发着誓也还是会说谎;我们连对医生都会隐瞒实情。这一点我一直不太能理解,也许你因为身上的某处咬痕而感到不好意思,但如果你不实话实说,专业人士怎么能帮到你?

我尽量不说假话,尽量说出我的真实感受。我有什么说什么,实事求是,都摊在桌面上,很实在,不说假话等等。不知道还可以怎么说,反正我尽量不骗人。

有时候这很难，我不喜欢让别人难堪。有一次我朋友剪完头发，我看了第一反应就是："怎么这么难看，像个刚从风口里走出来的街头流浪者。"但是我坚决不能这么说，说了会有损街头流浪者的良好形象。我只好应付几句："我喜欢！真好看！"这时候我的声音上升了好几个八度，当事人一定知道我是在说谎。

为什么人在说谎的时候音调会比平时高好几度呢？音调的起伏让说谎的人太容易就被看穿了，比如，当我们虚情假意赞美别人的时候，又或者当我们表面说些什么，实际背地里大家都知道什么意思。"不用给我买礼物"暗指"你必须立刻、马上、现在就去给我买礼物"。另一个经典，"怎么会不请你，我办的派对永远第一个邀请你"，暗指"自从 2004 年你在我派对上打烂我家的骨灰盒，你就不再受欢迎了"。从数学的角度来讲，音调与说谎指数成正比：音调越高，说谎指数越高。"我没听到你电话！"说谎指数为四。"我没睡她！"说谎指数超出了常规标准范围。

　　如果人们说话前加一句，"我老实跟你说吧"，那他就是在说谎。还不如直接说，"听好了，我要开始睁眼说瞎话了"。为什么人们在说真话的时候总需要先澄清呢？难道那意味着他们之前说过的话都是胡扯吗？昨天有些人夸我的外套好看，但没有事先明确告诉我是真是假，也许他们私底下议论我穿得很土。

　　这感觉太奇怪了，就好像他们是在给我选择的机会，或许我不想听真话。他们会说："我老实跟你招了吧！"我连忙拦着："别别，您只管胡说八道。"

　　大家普遍都很诚实。仔细想想，身边的一切都是建立在人与人相互之间的信任之上。看看机场行李领取处就知道，那么多人站在循环带边上，又没人管，是不是谁想拿走什么都可以随便拿走呢？我最近刚去机场拿了四件，里面找到些值钱的东西，有三个旅行熨斗，外加一件大号男士睡衣。

很多地方都需要我们自觉守规矩。比如银行办理业务的窗口前总放着一碗糖,你不能伸手拿太多;还比如餐馆里的牙签,尽管人家免费供应,你也不能无止境地顺手牵羊;图书馆门口的那两尊大石狮子,分明就是在召唤我们,在你想要用起重机把它俩搬回家的时候,千万抑制住自己这股冲动,真不能那么做。

看个电影也需要自觉遵守规则。我们完全可以只买一张票,然后偷偷溜到其他影厅把所有电影都看一遍。我们也可以少花钱,买儿童套票,然后自带爆米花和小菜。我觉得可以。

很多情况下,我们都需要其他人的信任,就像别人需要我们的信任一样。当你把车钥匙递给代驾师傅的时候,你并不知道他究竟是什么人,只是看他穿着制服。(现在知道我为什么整天穿着制服,家里车库平白无故多了那么多辆车了吧?)

　　相互信任的感觉真好。如果每天走在街上总是觉得别人要害我们，那就会很郁闷。我宁愿相信满世界全是好人，他们都很诚实，都很尊重人，不会谋财害命。尽管我们周围可能并不都是这样的人，但总还是有的。当你穿着怪异、嘴上叼着菜花的时候，这些人会毫不留情地跑来提醒你。也许他们的沟通方式比较直接，有时他们过于坦率，让人感到极不舒服，但是到头来，你终究还是会感激他们。

不要郁闷，要开心

我想通过这本书传递一个信息，那就是，与鹦鹉为伴可能让人很头疼，同时又能让人获益良多。我还想传递另一个信息，你完全可以做个快乐的人。世界各地灾难连连，有时候我们似乎很难做到乐观对待身边的一切，但我们可以想办法让自己开心起来。

自我披露一下，我不是一个心灵导师。不过，要是当时我妈没给我起艾伦这个名字，我估计会叫狄巴克。但她没有给我取狄巴克这个名字，因此我的人生轨迹就很不一样了。我没想过要误导任何人，大家不要以为我什么都知道，其实我知道的并没有那么多。当然，我确实很博学多才，反正就是，

我知道的很多很多。什么？哦，我没有加入门萨俱乐部。按理说本来是可以的，不过我实在不喜欢文案工作，也讨厌经常开会，那些一定都很浪费时间。照这么说来，我唯一没有加入门萨的原因是我没精力做那些文案工作，而且也没时间参加会议。好了，咱们继续聊下一个话题。

我曾经花了很多时间听心理辅导，也读过不少有关正能量的书。我完全同意书里说的，乐观的态度可以改变一个人。对此我绝对认同。它让你被其他积极的人包围着。谁都不愿意跟难缠的南莉相处，试着多花些时间跟脾气随和的皮特还有爱笑的艾伦在一起吧，还有碧昂斯，她既漂亮又幽默。

我灵机一动又想出另一个办法，那就是，你可以天天看我的节目。我试图让它成为苦闷生活中的一点点调剂品，让人能够短暂地逃离现实。我尽量保持正面、乐观、向上的态度。这不比吃药划算？而且还没有副作用。

真的……逗你玩

　　事实证明，当我们乐观开心的时候，安多酚会涌进整个身体。尽管我不是科学家，但我知道安多酚是什么。它们是一个个微小的魔法精灵，顺着你的血管游荡，大家一路上笑话连篇，到达大脑时，你听到了它们之间的对话，瞬间你的健康和幸福感就被提升了。

　　别错误理解我。大家日子过得都是有起有落，磕磕碰碰不算什么。我们是人，都有情绪。我不相信有人可以做到不带一丝情绪。你见过有谁生下来就一帆风顺吗？是不是想当场揍他一顿？我不能理解这种人，是人都要经历坎坷。有一次我因为夜里醉酒，结果第二天从马路牙子爬起来才发现夜里把车错停到了邻居家的门前。我的意思是，生活不能失去平衡，有好就有坏，有得必有失。一杯好喝的鸡尾酒，果汁和酒精的比例需要调配得当。

　　每个人都应该明白，快乐的关键在于你是否在努力为自己而活。如果你突然间什么都没有了，你的房子、工作、家人、

全部家当、你最喜欢的那件 T 恤——那件打死你都不扔、烂得快要把整个肚子都露出来的 T 恤。就算你失去这所有的一切，要一个人一无所有地住在山洞里，你仍然可以使自己感到快乐。快乐发自内心，你有能力改变自己的思维模式，让愉悦、乐观、美好的思想替代所有负面的、消极的念头。

　　我控制自己情绪的方法就是，不让任何负面情绪有机会进入大脑。这很难吗？是不太容易。负面情绪的能量很大，比如，要不是我控制自己努力赶走负面情绪，我大概已经开始想象一个人住在洞里的恐惧。一想到那种真实场景，我就毛骨悚然，被困在洞里，蝙蝠围在身边转，还有蜘蛛！还可能有成千上万的蜘蛛网。我并不是特别讨厌蝙蝠和蜘蛛，如果它们愿意一直乖乖地待在自己洞里，那我绝对力挺它们。只是，洞里这么黑，既然是洞，一定会是这样。你继续往里走，丝毫不见曙光，只能看见四面八方有无数只蝙蝠，它们眨着小眼睛，专门候着，等你一转身，它们就会像长了翅膀的猎豹一样，冲上来朝你的脖子来一口。

　　我比较怕黑，一般整晚都开着卫生间的灯。我会让门虚掩着，留出一条缝隙(注意我用了标准门萨词汇)，可以看到一束光从里面透出来。我承认这么做很费电，但我有一次在漆黑的房间醒来，还以为我被人劫持到地下洞穴，只能像恐龙一样移动，靠吃树干为生。起来后才发现，原来自己还戴着眼罩。我还是喜欢睡觉时房间里能留一点光线。

　　洞里湿气那么大，对我头发一定不好，而且到处是尖锐的石头，我无法行动自如，只能坐在洞里，想着自己有多害怕。看来今晚我会一直想自己怎么被困在洞里与蝙蝠、蜘蛛、水滴还有尖锐的石头为伴了。黑暗笼罩，我将彻夜不眠。

　　我又断片儿了……哦对，负面情绪——把它们都铲除掉！我做到了！有位智者曾指点说："能偷就别买。"另一位智者说："快乐是一段旅程，并不是终点。"阿门，我的教会朋友们！

　　我来给分析一下你就不糊涂了。快乐是一段旅程的意思，就是说快乐就像是坐车兜风。好比你现在要去夏威夷，也许你以为到了夏威夷你就高兴了，但其实在路上的时间才是最精彩的。你可以打很多游戏，沿路停在休息区浏览每一个干净的卫生间，你还可以欣赏美丽的海景。在旅途中一定要让自己开心，如此一来，当你到达目的地的时候才可以变得忧伤。这么说对吗？我大概是把自己绕进去了。

　　无论你选择怎样的生活方式，努力尝试享受这个过程吧。让自己充满喜乐。(而不是洗碗液。)双手迎接人生带给你的全部——好的，坏的，丑的，尴尬的，好玩的，无聊的，甜的，酸的，咸的，熟的，生的……抱歉，我要去吃东西了，好饿。

魔　术

　　我喜欢魔术。我曾邀请过很多魔术师和幻术师到我节目上表演。他们的戏法让人叹为观止。我自己也学会了一个小把戏,现在就来跟你们炫耀一下。你只需要随便想一个数字,任何数字。

　　想好了吗?

　　好,把它大声念出来。

　　现在翻篇。

我跟你想的一模一样。

怎么样,吓你一跳吧?!

大 女 人

文胸、一次性纸内裤、涂改液、医用注射器、车窗雨刷、巧克力饼干、塑身内衣。

这些东西有什么共性吗？它们同时出现在我的购物小推车里,完了,我肯定是错拿了别人的推车,真是烦。

还有其他共性吗？这些东西都是由女人发明出来的。不是同一个女人,而是近一百年里,几个不同的女人陆续发明出来的。(如果全是一个人的发明,那还真是了不起。这个人必定思维跳跃,而且还很不正常。)

　　这只是女人创造出的几样东西。还有很多其他的,包括一些日常必需品,比如车内循环的暖风、洗碗机、电洗衣机,以及这个时代最了不起的发明——脚踩开关垃圾桶。女性太不被当回事了。要不是女人发明了这些有用的东西,人们还在寒风里,裹着脏衣服,抱着脏盘子和易拉罐,穿不上钢托内衣。

　　我为自己是女人而感到骄傲。我这一辈子都在当女人。若不是受到这些让人赞叹的女性前辈们启发,就不会有我。我成长过程中一直很钦佩坚强、幽默的女人,比如露西·鲍尔、卡洛·贝纳特、芭芭拉·沃尔特斯、戴安·索尔,还有温弗瑞·奥普拉,她为我铺出一条黄金大道,因为她把自己家门口铺完后还剩下的金砖,顺便也给我铺上了。

　　如今,在电视上主持自己的节目,我身感背负起一份责任,觉得自己也应该像前辈们那样,正确指引这些看我节目

真的……逗你玩

的年轻女孩或女人们。也正是因为这样,我尽量让节目轻松愉快,也极力邀请一些社会知名女性,为家里看电视的女性观众们树立良好榜样。我特别愿意请米歇尔·奥巴马和希拉里·克林顿做客我的节目,也喜欢让一些平凡女性朋友们在我的节目上讲述她们自己的故事。一次,我邀请了一位女士,她为大家表演了后曲手着地,然后用脚戴帽子,这足以让人受到启发。

　　我的节目主要针对女性观众,但我知道有些男性朋友也看,这让我感到非常开心。我希望男人、女人、孩子、猫都能被我具有感染力的幽默所迷倒。不过我节目的大部分观众还是女性。不知道人口学上怎么统计,这种专业的东西好像只有政府才比较在行。我觉得我的这些观众主要是以年龄段二十五岁到五十四岁的女性为主,在此之外,我们也将尝试年龄段为三十五岁到八十岁的美国人,以及所有叫戴安的十八岁到一百零四岁的女性。

不清楚究竟是不是这么回事。有关收视率,我只知道,有个男人每天在地下室监控,早八点到晚六点的这个时间段里,谁家开了电视,他都了如指掌。每个节目是停播还是继续,都由他的年度汇报和意见而决定。

我就是要利用这个平台,在这几千万世界各地的观众面前宣传正面的东西。我希望所有年轻女性都为自己设定人生目标。如果全心投入,大家一定能够实现梦想。我每天做节目的时候脑子里总在想两件事:我是否可以启发到别人和我的观众是不是有口臭。

每次一提到女人,我总是会想起詹姆斯·布朗的歌《这是个男人的世界》。我也会想起辣妹组合,紧接着又会联想起辣子,由此再想到食物,让我倍感饥饿,所以每次听到辣妹的歌我必须吃一个辣鸡腿堡。

我喜欢詹姆斯,但他这首歌确实写的不咋样。这不是一

个只有男人的世界,它同样也是女人们的世界。他歌词里有
这么一句,"是男人造出了车,让大家能够在路上奔驰"。事实
的确如此,但如果没有女人发明雨刷,我们很难看清路况,看
不清路就开不了车,那要车还有什么意义?

　　如果你听了詹姆斯的歌,或许你也应该听听我爱听的这
首歌,《姐姐妹妹站起来》,演唱者是才华横溢的女歌手艾瑞
莎·弗兰克林。歌词里写道,现代女性不再是待在家里的家庭
妇女,而是医生、律师、政治家。一开始,我还以为她唱的只是
一个特有家庭里几个有天赋的女人自食其力创造奇迹的故
事,后来我才知道,她唱的是我们所有女性。

　　女人也能做好多事情。所有能听到、看到我的人,大家注
意了:让更多智慧女性来创造这个世界吧。我喜欢有智慧的
人。我认为大家都这么想,从来不会听谁说:"我喜欢智障。"
当然,人各有所爱。

　　也许有朝一日,我们可以不再用性别定义成功;也许我们不用再标注,是男人做了这个、女人发明了那个;也许我们只用说,这个了不起的、聪明绝顶的、富有创造力的人做出了杰出的贡献,仅此而已,不提性别。不过,在还没有到那一步的时候,我还是做好自己,成为自食其力的好姐妹之中的一员。

无　聊

你是否曾感到很无聊？也许是因为生活的节奏过快,也或许是因为每个周末上演的小两口闹别扭的感情戏不够多。你会时不时坐在那里想,自己实在是很无聊。感到无聊的时候建议你做下面这些事:

1. 来我家替我打扫卫生;

2. 盯着你养的宠物看。如果注视的时间足够长,你或许会知道他们小脑袋瓜里想的是什么。大部分情况下,他们会在想,干吗一直盯着我看,一定是无聊透顶了;

3. 切水果;

4. 切出六等份;

5. 打果汁奶昔；

6. 报名当志愿者；

7. 主动帮陌生人出主意；

8. 搭便车；

9. 给鹅拍照；

10. 穿上制服,假扮博物馆里的工作人员。

艾伦的送礼指南

付出胜过得到。

——骗子

送礼可以是相当复杂的一件事，是一种要求技巧的艺术，有些人与生俱来就会，而有些人则完全没有这根筋。会送礼的人去年给你搞到了著名歌剧的入场券，不会送礼的人只能送一个跟你毫不相干的钥匙圈。

送礼没有严格法则可循，但要坚守几项大的原则。礼貌上来讲，当你去别人家拜访的时候，你应该带点东西表示一下,感谢主人邀请了你。这样让你显得既礼貌又大方。问题

是,送礼要送到什么时候? 如果你已经去过他家上百次,还需要带礼物吗? 第一次去的时候带瓶酒,第二次带束花。什么时候可以不用再带? 而且礼物的档次需要一直升级吗? 几年以后你们坐着玩牌。"快看我给你带什么来了,乔伊斯! 一个露天泳池呀! "

我小叔子和他老婆就很会送礼,每次来我家他们都会带礼物,甚至连来我家找墨镜也会随手带一套水晶高脚杯过来给我。他们还写致谢信、送花。有一次,他们在我家沙发上溅了几滴酒水和泥点,我后来把干洗店的账单寄给他们,他们居然也结清了。

有些人去别人家从来不带礼物,就算你去他家的时候总是带东西,他也不会还礼。对付这种人,你去他家的时候可以自己动手。你给他带过去一瓶酒,走的时候把他们家的微波炉搬走;你带了蛋糕过去,派对结束就把他们的车开走,这叫礼尚往来。

在家庭聚会上送礼相对简单。过节送礼才是最让人头疼的，我不知道该送谁礼物。当你还是个孩子的时候，你唯一要考虑的人只有父母、兄弟姐妹和你家的狗，总共就这么多人，而且礼物不需要新意，基本上就是自制小卡片。随着年龄增长，你需要给更多的人准备礼物，因为你的生活圈子里平白无故地增加了许多人，他们都想把你榨干。

你有家人、至交、家人的至交、至交的家人、在一起工作的同事们。这些人在快要过节的时候总是显得特别友好，特别爱助人为乐。"您还需要什么吗，德杰勒斯女士？我帮您擦擦鞋？"我一般回应："少来了，赶紧干活。"

我越来越不清楚该给什么人送礼物。我总是送礼给邮递员，这样一来也得送 UPS 快递员，还有 FedDex 快递员，还要送清洁垃圾的人、清理泳池的人、做园艺的女士、做鱼池的人、我的训练师、声乐辅导师、我家狗狗的发声辅导师以及负

责给我洗脸的女人。那些雇来帮我送礼的人,我是不是也要送他们点什么?

你总是会漏掉某一部分人,而他们并没有忘记你。接过他们送你的礼物时,你告诉他们你有多感动,然后把手伸到包里说:"我也给你准备了一份礼物,想知道啥不? 过来点,再过来点,再来点,上前一步,送你一个拥抱。"然后你紧紧抱住对方,能多用劲就多用劲儿,把他们的失望全都挤走。

赶在十二月份过生日的这拨人很可怜,他们的生日礼物和圣诞礼物将会被合并成一个。他们最常听到的就是:"生日快乐,圣诞快乐,生蛋快乐! "合并的礼物就是在原有基础上多带一件,基本上是在排队结账的时候随手抄起什么就是什么。"哦,一件毛衣,另附一个万能胶?! 多谢呀! ""就知道你最喜欢玩胶水! 生蛋快乐哈! "

如果你生日是在圣诞节那一天就太不好了。(除非你是耶稣,那将是个大派对。如果你是耶稣,感谢你买我这本书,我太荣幸了。您有可能在平版书上给我写上几句吗?耶稣题过词的书有谁敢不买?请您帮这个忙完全是因为奥普拉的读书俱乐部最近刚关门,我的书终于有戏了。不过您可以不用马上就答应我。)

如果你的生日是圣诞节那一天,你就应该告诉别人你出生在六月九号或者什么的。我刚看了一下双子座的特征。突然间,你变得八面玲珑,而且还喜欢黄颜色。你不仅会收到合并的礼物,而且会听到合并的祝福歌。"圣诞快乐——生日快乐,泰瑞——圣诞快乐——生日快乐,泰瑞——圣诞快乐——新年生日——快乐,泰瑞!"

我认为全天下父母都该为自己的孩子着想,考虑好了再生,算对日子。我算术不好,所以算的不精准,但是粗略来讲,上半年,或许一月到三月之间,千万别有怀孕计划。我知道冬天这几个月很冷,你会想和别人挤被窝,但你们之中一人必

须去后院搭帐篷睡睡袋。或者你们其中一人去巴西登上梦想已久的那座大山。只要别挨对方太近，平时可以经常打打电话。这都是为大家好。

我的生日是在一月份，元旦后的一周。我收到节日礼物后，紧接着会收到生日礼物，大部分是别人节日里收到的礼物再循环。大家都爱这样，把收到的礼物按照优劣分类，然后决定是去是留。iPod 你肯定自己留下，难看的内裤要尽快循环出去。数码相机要留好了，制作粗糙的蜡烛你可以在公司里随便找个人送了。

幸亏我的生日是在一月份，大家送的都是些高质量的循环礼物。生日在一二月份的人估计收到的都是 iPod，有可能人家原本自己就有，所以出手也大方。你也许会收到瓶好酒，因为很多人在年初的时候会有戒酒的打算。

再过几个月，这些循环礼物就一天不如一天了。六月份你收到的是朋友侄子的镜框加照片，上面还特别标注了"我们的宝贝儿子。"到了秋天就基本上不剩什么可循环的了，人家都清底儿了。等到十月份，能收到的只有乒乓球拍子，或者宝宝椅的座子："生日快乐！也许某天你会考虑领养，奶奶！"

也许在送礼这方面大家都太讲究了。我们不应该在乎它是什么礼物，或者谁送的，其实大家心知肚明，不就是钱吗，为什么不能直接塞钱呢。省得送礼麻烦。

也不完全对，人生有太多东西值得眷恋，不只是金钱。我喜欢送人礼物，然后从他们脸上看到喜人的光彩。有一次我在宴会上送了奥普拉一瓶酒，当时她脸上露出惊喜的表情，让我久久不能忘却，那让我心里暖洋洋的。

我想说的是，在每一个特别时刻，我们都应该礼貌性地有所表示——生日，节日，国庆。知道最好的礼物是什么吗？类似这样的一本书，还有就是用钱做的东西。

浮想联翩

接触大自然总是能让我感到很开心。我喜欢大自然,喜欢树,喜欢花,不知道怎么长的,它们非常庞大。

我每天要花很多时间待在外面。我喜欢户外瑜伽、户外冥想。我有时候还愿意在户外洗澡。其实我的情况是,我总是把自己锁在屋门外。

我就是爱在外面待着。一大早我就拿着一杯咖啡到池塘边上,悄声坐在我花园里的艾伦雕像边,做一般人愿意在池塘边做的事情——浮想联翩。

　　我会想很多事情。想想生命，想想宇宙的无限，我们应该觉得自己很幸运，每天被大自然无尽的力量环抱着。然后我开始琢磨，为什么美人鱼总能找到胸罩大小的贝壳当作内衣？而每次我去海边却只能找到糖豆大小的贝壳。我还是会尝试拿它做一个胸罩，但是它做出来非常非常的小。

　　我细细品味着"大鱼吃小鱼"这个说法。我家池塘里的大鱼都对此深有体会吗？它们是否让其他小鱼感觉受到了威胁？小鱼儿们会明白"好事多磨"这个道理吗？也许它们已经知道小身子大智慧的意义。

　　我可以在池塘边一连坐上几个钟头，欣赏水中倒映的天空、云朵和鸟儿。我家周围有各种各样的鸟。它们经常叽叽喳喳地飞过，好像在说："看呀，那是艾伦，她多么热爱大自然，人类中简直太少见了。"

　　"是呀，你看她懒洋洋的，多酷，就这么坐在椅子上喝咖

啡。"我想象它的同伴会这么回答。

头先那只鸟又说:"跟她在一起一定很好玩。她让我想起克莱尔,虽然有点疯疯癫癫,但人还不错。"

这两只鸟就这么一来一回把我夸了个一溜够,与此同时,我开始幻想自己跟它们在天空中翱翔。从上空俯视整个地球,盘旋穿梭在空气中,这感觉实在是太好了。有时候我想得失了神,会围着院子转,双臂展开,就像是海边的水鸟。有好几次,我太过于沉浸在这种感觉里,结果忘我地嘎嘎直叫。叫了大概三四声后,邻居终于按捺不住,朝我大吼:"消停点,女人。赶紧把裤子穿上。"我回他:"您老先把裤子穿上。"我一时火大,竟想不出更好的说法跟他对峙。他当然一直穿着裤子,因此我的回应并没有达到任何反击效果。尽管如此,他还是不如我热爱大自然。

总之,我们家地里有各式各样的野生动物。我们见过红

猫、鹿，还有野猪。有一次，波西娅坚信她在屋后发现了一种新生物。她从没见过这种小眼睛、满脸长毛的动物。一开始我以为是堂姐南希，但经过确认不是她。波西娅觉得像疣猪，我提醒她说我们并不住在非洲野生动物保护区里，至少现在还没有。

如果不是在池塘边发呆，那我肯定就是在园子里种菜。我认为种菜可以达到治疗效果。其实我平时就是靠它来理疗。我常对这些植物诉说心声，告诉它们我的梦想和志向、我的恐惧、我的悔恨，当有人在滚梯前挡着路不上时我的那种束手无策，我都跟它们说。跟植物聊天可以彻底敞开心扉，海阔天空。最大好处是，我不用按每小时一百美元付钱给理疗师，这些植物总共只花了我六十美元。

在后院种菜可谓是美国人民的头号消遣。我就这么随便一说，谁知是真是假！不过种菜对于我来说倒是人间一大乐事。我平时有很多业余爱好，但却始终对园艺情有独钟。也许是因为菜种出来可以吃。播点种子，浇点水，仅仅几个月时间

就可以做凉拌菜了。

不是每一项消遣都能让你有机会一饱口福。比如厨艺，就不是个很好的例子；再比如旅行，你到处走走转转，试吃当地的特产……

我是说，我喜欢种些蔬菜。我和波西娅已经在园子里种了番茄、胡椒、西葫芦、甜菜、茄子、罗勒，还有很多草药。它们香气扑鼻，外观出众。当我邀请朋友到家来共享晚餐、看着自己这些劳动果实的时候，那种满足感难以形容。(不过这些劳动果实跟自己生出的宝宝还是有区别的。就在最近一次晚餐派对上，我不假思索就问玛莎，我孕育出的宝宝是不是很有味道，结果她差点没噎着。)

如果你有一块自己的园地，我建议你种点菜，既好玩，又环保。你也知道，我一遍又一遍地重复——当生活里需要添加点调料的时候，种些莳萝，或者学习跳舞。

成年人专区

正如我所说,各年龄段的人都看我的节目。我有很多年轻观众,但也有不少年长的观众。这一章献给那些年长的粉丝——你们这群人比较成熟。如果有未成年在看这本书,请自觉翻到下一章。这章不适宜儿童阅读,它是专门写给每天早晨 6:00 起床、昏暗中看不清字的年长者们。

很多成年人,包括我自己,到餐馆吃饭的时候,常因为字体太小而看不清菜单上写的是什么。我知道有一些辅助工具可以帮助解决这个问题,比如老花放大镜。我有个更好的办法,那就是把字体变大。菜单字体大小应该有个世界公认的标准。我下面举个例子,让大家看到合适的菜单字体大小。你

会发现菜单字体稍微大一点不仅能够让人看清,同时还能产生不错的视觉效果。

切·德杰勒斯每日特价

冷盘

有机蔬菜外加迷你小番茄

主菜

好吃的东西

配菜

新鲜绿菜花和西葫芦

甜品

加 capers 的山梅冰糕

不知为什么,凡是糕点名前加 caper(一种用做调料的植物,也可表示欢呼雀跃)的东西看起来让人更有食欲。

赌场技巧

我爱玩扑克牌。每天上节目前我都会在化妆室玩上一会儿。我在家也玩,在朋友家也玩,在飞机上不论长途短途,我都玩。基本上,只要我醒着,只要不是在吃饭、工作,或者训练我的狗学摆桌子,那么我一定是在玩扑克。

我曾经很喜欢去拉斯维加斯,那个城市简直太干净、太健康了。有趣的是:在拉斯维加斯,你做什么都可以。可以在赌场里抽烟;可以一次喝四壶龙舌兰酒;还可以身上轻丝一缕把自己放在轮盘上转,只要你愿意;但是唯独一件事你不能做——这个我深有体会——在二十一点牌桌上吃杏仁。下面是真实故事:我有一次在牌桌上吃杏仁,发牌生让我把它

收起来，因为那儿不允许吃。赌场猎艳？猜对了，这种野性的不合时宜的公共毒害，姐姐我随时奉陪。你这都敢想，你这个愚蠢的傻瓜蛋。

不知道你们有多少人爱去赌场玩。我怎么知道，咱们才刚认识嘛。喜欢来点小冒险的人，我给你们支几个高招，这样，无论你在赌场或者河船上，就不会轻易被打倒。

老虎机

老虎机能让人一连打上好几个小时都不带停的。机子转来转去，赢钱的时候它会亮，还会发出响亮且激动人心的声音，感觉钱币马上就要从出币口倾泻而出。不过现在都已经换成机打出来的纸票，这样轻便好拿，也比较卫生，以便你玩牌的时候可以吃点杏仁或者其他什么——逗你玩呢，你不可以这么做。

每个老虎机都有不同主题，动物、体育、富豪，还有欲望之都。拉出一排三个萨曼莎的小宇宙可以为你赢得很大一笔，拉出凯莉·布拉德肖的鞋可以拿到更多。

老虎机非常好玩，这毫无疑问。但你得会玩：必须见好就收。一赢钱就马上转身离开，然后再回来试一把。如果拉不出头奖，那就赶紧走。远远地深吸一口气，然后回来试试它边上的那台机器。你知道你早该玩那台机器的，但当时你并没有相信自己的直觉。这个时候，如果还是拉不出头奖，那就真走吧，直接去轮盘区。

轮　盘

轮盘特好玩。告诉你一个玩轮盘的妙招：每把都赌红色，如果红色不出来，就及时换成黑色。同样，每把只赌双数，如果双数出不来——我必须不断提醒你——赶紧换成单数。

还有另外一招：不要把糖豆放在你认为会赢的那个数字上。你觉得别人发现不了，但他们都能注意到。尽管不会像在

二十一点牌桌上吃杏仁那么严重,但他们还是会因为你的不当举止而愤怒不已。赌场里到处都是探头,无所不在。你一个人在电梯里照镜子看牙上是不是沾了东西的同时,监控室里的某人也正在观察你的鼻毛。

下一个妙招:如果你所猜的数字、颜色、单双数一直都不出现,那么赶紧走开吧。真的,起立,转身,迈开步伐,径直走到扑克牌桌前。

扑克牌

知道我常把什么挂嘴边吗？我时刻念叨不停,有时甚至能哼上几句:要知道什么时候该跟,什么时候该爆。而且记住,千万千万不要在二十一点牌桌上吃杏仁,你这个呆子。

你可以自己把握什么时候跟,什么时候爆,或者也可以学我,问问牌桌上其他人打算怎么做,然后你再决定。假装你们是在玩钓鱼。"嘿,你那儿有方片尖儿吗？那一对儿王呢？"

他们可能会说:"钓鱼!"也或者让你"去……什么其他的"。总之,无论如何值得一试。

如果你赢不了几盘,或者惹得其他人都讨厌你,那么赶快离开现场。拿起你的十五支伏特加,抱着妓女,第一时间把手中的杏仁丢到离你最近的垃圾桶里,然后默默走远,直奔到最近的一桌双骰子。

双骰子

老实说,我给不了你什么太好的建议,因为对骰子我一窍不通,而且我非常不能理解为什么玩骰子不给椅子坐。大家都必须站着,围成一圈,乱扔一气,口中大喊着"喂""来个二",要不就是"给我扔出个四"。我唯一能告诉你的是——其实更像是在央求你——请不要对着骰子胡乱吹气,尤其在流感多发季节。赌场里已经到处布满细菌,不要再满世界喷唾沫,让环境变得更差。你幸运的一吹很可能给其他人带来可怕的疾病。

　　如果你觉得骰子不适合你玩,那就离开那儿。拿着所有筹码,把它们放进口袋,然后——我说真的——直接去收银台,问问他你该玩点什么,他们的直觉一般都很准。

　　总之,无论你做些什么,去哪个地方,选择玩哪种——永远永远永远永远永远永远永远永远永远永远都不要把杏仁这种健康食品带到牌桌上来。

　　祝大家好运!

名人的一天

10:00 a.m.——我被男佣马里奥轻声唤醒

10:00:07 a.m.——我细声回应"重新设定",告知马里奥九分钟后返回

10:00:08 a.m.——我梦见很多小马驹

10:09 a.m.——我再次被马里奥轻声唤醒

10:09:05 a.m.——我细声回应"重新设定,咖啡",告知马里奥九分钟后端咖啡返回

10:09:06 a.m.——我梦见那些小马驹与乌龟成为朋友

10:18 a.m.——我再次被马里奥轻声唤醒,用咖啡

10:25 a.m.——我被抱进浴室

10:30 a.m.——沐浴机器人 3000 为我沐浴、洗发,并告知

我很美丽

　　11:00 a.m.——我开着太阳能动力沙滩车去上班

　　11:30 a.m.——工作室前台接待我,告知我很美丽

　　1:00 p.m.——用午餐

　　1:30 p.m.——瑜伽

　　2:30 p.m.——普拉提

　　4:00 p.m.——录制脱口秀

　　5:00 p.m.——我被直升机接回家

　　6:00 p.m.——在树屋里用晚餐

　　8:00 p.m.——阅读近期在读的睡前书。马里奥为我盖好

被子,告知我很美丽,祝我好梦

睡　眠

我看了个有趣的统计,49%的人不知道 "wheel barrel"这个词的正确拼写。而另一个发现是,33%的美国人患有睡眠方面的疾病,占据一定人口比例。按照数学计算,在看我这本书的人,104%晚上都会被睡眠问题所困扰。

你们之中一半的人需要服用安眠药入睡,这让我非常担忧。我不是个医生,也不是母亲,更不是《天使的触摸》里那个帮人排解的老女人。但当我听到朋友或亲人在服用安眠药,我莫名其妙想帮助他们脱离药物依赖。

我知道我为什么如此担心。我以前听说过很多有关一些

人吃安眠药后大闹天宫的故事，有人梦游，有人梦游开车，有人甚至梦游吃东西。他们睡梦里做的事要比我一整个周末做的事还要多。

睡梦中吃东西，这让我很好奇。半夜起来满屋子找东西吃——甚至找一些不能吃的东西。他们完全没有记忆，直到第二天醒来发现大厅里只剩了一半的沙发残余。

有些人长胖后才知道自己有梦游的习惯。我在书上看到，有一个人长了七磅都不知道是怎么长出来的。你能想象突然有一天起床后发现自己变成肉堆儿，然后望向自己的另一半说："亲爱的，咱们昨天吃什么去了？"

睡眠让我们保持开心、健康。我希望尽我所能帮助所有被睡眠困扰的读者们。我想到一些不用吃药就可以解决问题的办法。如果你，亲爱的，也是受困扰人群中的一员，那么继续读下去或许能对你有所帮助。

如果你睡前选择读我这本书完全是为了让自己睡着,那简直太愚蠢了!除非你是被我的笑话搞得筋疲力尽,否则这类书是绝对不可能让你很快入睡的。你需要看那些无聊的书,比如小哈利·康尼可。数学或者科学类课本更好,那些能让你立刻就犯困。但是估计等你翻遍所有地方把它找出来的时候已经是后半夜了。再者说,我不想让你起床,你找书的路上很可能会被电线绊倒,造成台灯砸在地上,碎片四溅。你继续往前走,尽量避免踩到碎玻璃上,但是你不能避开所有的,地毯上到处都是。你不小心朝一块踩上去,然后大叫:"疼啊!"你下了决心今年不再说脏话,尽管很难做到,但你遵守承诺。就有一次你开车路过教堂的时候伸出中指,口中骂个不停,自此之后你不能再去这间教堂,只好去隔壁村的将就。

等你喊完疼,你老婆、老公或者儿子、女儿会在骚动中惊醒。你儿子估计压根没睡,他刚从商场停车场偷溜回家。这是你最害怕的,你担心他会出去干坏事,但他是个好孩子,只不

过想多跟朋友们在一起,被他们接受。他从没碰过一根烟,给他烟他都不抽,也没抽过其他东西。他只尝过一回可卡因,而且还是被朋友骗的。有人告诉他那是糖。大家都爱吃糖,尤其是跟妓女在一块的时候。我们并没说你儿子招妓,只是说大家都喜欢吃糖。

你儿子赶到大厅想看看怎么回事。他看你蜷着脚,站在血流成河的玻璃碎片中,这个时候他为你敷上冰块,问你感觉怎么样。你告诉他你没事,然后问他是否能借他的代数课本,因为你睡不着觉。突然之间你发现他都快要高中毕业,已经三年都没碰过代数了,人家现在学的是微积分。这让儿子感到非常难过,怪你根本不关心他,然后他冲出家门。但他没告诉你他微积分课本究竟放哪了,所以你又回到原点,而这回拖着负伤的脚和沉重的心。

我在这里加上几个数学公式。你只要看一看就会梦到彩虹或者小狗,或者在英文课堂上赤身裸体。

$E=MC^2$ 怎么样, 你还醒着吗?

12 是 144 的平方根。怎么样, 你快睡着了吗?

火车载着一批工装裤以每小时 50 英里的速度向东驶去, 一辆载着香蕉的大巴以每小时 60 英里的速度向北驶去, 那么如果土拨鼠会抛掷木头, 它能抛多少块呢? 睡着了吗?

不管用吗? 那我还有招。大家都喜欢用数羊这个方法来帮助睡眠。这会很有难度, 因为你得在离你不远的地方找一个足够大的羊圈。所以我建议大家——听好——在脑子里数羊。别人给我钱不是白给的, 我就是这么有才。

咱们一起数, 一, 二, 三, 四, 五, 六, 七, 八, 九, 十, 十一, 十四, 二十, 二十一, 二十二, 四十八。老实说, 我数学确实不怎么好。

　　我还有办法。你假装我拿着怀表在你面前晃来晃去。直视前方。你现在感到非常非常的困倦倦倦。非常常常困倦倦倦。非常常常。等等,醒过来。我不希望你睡到第二天,然后到办公室告诉大家你是因为看了我的书才睡着的。那影响会对我非常不利。他们会怎么想,难道我的书很无聊吗?绝对不行。快起来。去给自己搞杯咖啡,放点红牛,脸上拍点冷水,打起精神继续读下去。

一封写给商场保安的信

相关人士：

　　此信有关本人被指认严重涉嫌贵公司三月三日发生的"碎花瓶事件"。

　　首先，赞一下你们组，仅用车牌号码就在这么短时间内跟踪到我，非常不可思议。我向你保证，我并没有像你们信里所说的那样"逃离现场"。当时我正在赶时间赴约，我想起有约的时候已经快要来不及了。我开车离开的时候你很可能听见我说了句"再见，大傻瓜"。正巧车里当时在放这首歌，歌词就是"再见，大傻瓜。拜拜，商场保安，有本事你来抓我呀"。

　　我主动承认，当时是我向商场安保人员借了双轮电动车，然后在商场里四处转悠。对于制造这起矛盾事件，我诚心致歉。

　　我的本意并不是要搭载双轮电动车出入商场，从梅西百货上滚梯，在杰西潘尼百货公司下来，穿过停车场，来到蛋糕坊的后厨。我原以为这是去往商场保安总部的路线，现在才看清楚，原来它不是在餐厅外的垃圾堆里，而是在挂着"商场保安总部"的牌子底下。

　　至于花瓶，我没有把它打烂，但是我愿意为整个事情发生的经过做出详细阐述。我在商场里逛累了，就坐在淘酷家居店的二层。他们的沙发简直太舒服了。我一定是睡过去了，一个钟头后，我感觉有人在我肩膀上拍了一下。我整个人从沙发上弹起来。我打了家居店的员工，主要原因是，当时我梦见自己是个专业拳击手，正在和麦克、泰森打拳。是挺新鲜的,我知道,怎么在商场里还打起拳来了。

当时那个员工的名字好像叫强恩·乔或者威斯康辛什么的——现在的人名字都不太正常。他请我离开商店,因为我什么都不买,而且其他客人想要坐沙发。他很粗鲁,所以我跟他理论了半天。

后来我的电话铃声响起,是我朋友卡洛,我已经有好久没跟她联系了。她一个劲儿跟我聊她要升职。我不想说得太细,不过她在一个很大的电信公司的销售部工作了差不多二十三个年头,等待升职机会已经等了很久很久。公司这几年都在裁员,现在是紧张时期,因为很多人已经改用手机了。现在一般人出入都拿着手机,不知道谁还装电话线。她的职位不知是不是叫电话线专人,不过她的部门就是负责做这个的。每次她给我手机打电话的时候我都很不安,就好像我用手机是成心跟她过不去似的。她倒是不觉得。以前我俩也聊过,她完全没问题,只是我自己爱瞎想罢了。不过这种对话就

是这样,有什么全敞开了说了,她就真拿你当朋友。

她跟我讲她要晋升为公司副总、老总,或者其他什么的——我不太确定,商场里根本听不清楚——我听得太激动,开始在沙发上蹦蹦跳跳,结果靠垫掉了一地,推倒了花瓶,然后花瓶掉在地上打碎了。我不知道是谁给你们商场做的室内设计。总之,周边有这么多易碎物品,当时就应该考虑选择地毯,预防无辜的人在沙发上蹦跳的时候一不小心把东西打碎。

所以你看,这完全是卡洛的错。我会主动把她的电话号码和地址给你们,你们可以把账单都寄给她。我也会向她索赔。

我当时很快逃离现场的原因是,威斯康辛让我赶紧走。我跑出商店,蹲在照相铺下面,因为我看到一顶帽子,觉得可能会很适合我。不知道你们是否也喜欢帽子,售货亭里有很多帽子卖。我头太小，很难找到合适的帽子，所以一有看上的就必须要停下来试试。

威斯康辛最终赶上了我——我戴着那么大的沙滩帽和大墨镜居然也能被认出来，他实在不容易——我开始用带有法语口音的英文跟他交流，还假装听不懂他说什么，因为我正在为一部法国电影《神秘女人》做准备。

我找感觉的时候会全身心投入到角色里面去，这就是为什么我迅速抢走前来的保安人员的双轮电动车。你知道每个法国影片都有开车从台阶上冲下来的场景。我开双轮电动车上滚梯也是为了营造这种气氛。现在我意识到这种行为非常危险，而且当我路过一队小朋友的时候，我说话没太注意，有损了形象。

至于我从喷水池拿走的钱，它是这么回事：在经历了淘酷家居店旁的骚动、双轮电动车追逐，以及在布鲁明戴尔百

货商店的化妆车铺子前尝试艺妓妆容体验之后，我站在喷水池边喘气。我看见有几个小孩正在许愿，然后往水里投币。我告诉他们投得越多，愿望实现得越快。孩子们应该知道，如今一分钱已经买不来什么了。对于我来说，他们多投的每一分钱都应该是我的。然而我并没有意识到，湿身到池子里捡回自己的钱会演变成多人的水中竞技。

　　我明白你们仍然要向我提出控诉。我仅仅希望声明，要不是因为卡洛造成我打碎花瓶，接下来那一系列事件绝对不会发生。

艾伦

　　又及：如果你希望知道美食街边上那个旋转木马里的三匹马怎么会到了我家后院，我也很乐意再附上另一封信告知。

如何成为亿万富翁

1. 玩命挣钱。

2. 一分不花。

五种超简单的赚钱方法

1. 买彩票中大奖。

2. 创建一个社交网，把地球上以及地球以外的所有单身生物都收纳进来。

3. 用"爱"和"记得"写一首歌，人们总是为了爱情和记忆而疯狂。

4. 写一套关于魔法少年吸血鬼精灵的书。

5. 让好莱坞电影工作室把上面提到的这本关于魔法少年吸血鬼精灵的书拍成电影，在各大影院放映。

简单吧。

自由发挥

我休假了。有人说我过节去了。也有人说我花钱到美丽的海边，成天什么都不做，吃了睡睡了吃。近几年我忙得不可开交，这是许久以来第一次休假，终于可以坐下来喘口气放松一下，什么都不想。让思绪悠闲自在地游荡。就这么坐着，看着海水，尽管听起来不怎么负责任，但我此时要让大脑自由发挥了。

找到感觉了。

啊……这感觉真是太好了。海风像大自然母亲一般轻抚过我的脸庞。平时我不太喜欢别人对着我的脸吹气，尤其在

他们抽雪茄或者喝咖啡的时候。不过,这会儿感觉还真不错。

　　大海真美,碧蓝碧蓝的,接近青绿色,或者浅蓝色。水。嗯。英文中"水"这个字和西班牙文中的"水"只有一个字母之差,这么巧,而且读音基本上一样。太好玩了。糟糕,我又在自言自语了。坐在我边上的这位男士看了我一眼。抱歉,先生。真对不起,我竟然这么聪明,居然知道西班牙文中的"水"怎么说。我还知道怎么说"你好",就是突然想不起来了,但是一会儿肯定能想起来,等着瞧吧。

　　有人穿着人字拖走过。看上去不怎么舒服——把沙子踢得到处都是。一会儿她会发现全身都是沙子,弄得满床也都是。我可以想象出她半夜梦见在南美洲被戈尔迪·霍恩从转梯上追下来的情景,满脸都是沙土。也许这正是她想要的,沙子可以去角质。

　　不知是谁发明了人字拖,总之这个人一定非常享受关节疼痛的感觉,要不就是他极度不喜欢出门。我希望眼前这位女士不急着要去哪,因为她实在慢得不行,还不如穿双高跟鞋呢。不过我好像还没见过有人在海边穿比基尼配高跟鞋的。我在明码正价上倒是看见过,接球游戏很好玩。

人的一生要给自己制造多少痛苦才算够呢?高跟鞋,人字拖。简单一片薄薄的塑料和一条夹在脚趾头中间的透明胶带,这成为我们每天要穿的鞋。人类为什么不能还原原始状态,让自己毛发丛生,穿舒服的鞋,高兴的时候对自己好一点?我想嬉皮士就是那样。我该搬去北方成为一名嬉皮士。

倒霉,我不能去流浪了,我下周约了牙医。

啊……我闭上双眼。

沙洲那档子事儿让我很难堪。我真希望游到那儿之前能好好问问人家。它叫沙洲,肯定还有别人也以为它的面积大

到可以成为一个洲。但它其实就是海中凸起的一个小沙堆儿。算了,我不纠结了。

我感觉胳膊上有东西,希望不是松鼠。原来是只蚂蚁。你好,蚂蚁。

为什么一个人坐立不安的时候要被说成是热锅上的蚂蚁?蚂蚁好像没那么烦躁,它们搭窝的时候看上去相当平静自然。还有,形容紧张的时候要说像蚂蚁钻进了裤子。为什么不是别的爬进裤子,比如苍蝇,或者面包渣、豪猪之类的,这些也都会让人感到烦躁。可怜的蚂蚁,随口就被人玷污了。

我该给我姨去个电话。

小船很漂亮。船儿停靠在沙洲边。它也觉得沙洲应该很大吧?但沙洲其实就是一撮沙子。

"棕榈复叶(Palm frond)"这个词组很有意思。"Frond(复叶)"这个词很有意思。我希望能有个叫 Frond 的朋友。完了，我又大声自言自语了。那个男的又看了我一眼。他一定觉得我有病。我没病。他一定也有同样的想法，肯定希望自己也有个叫盆友的朋友。

我不能冲他微笑，真不该。我门牙上好像沾了巧克力。他该觉得我说话大声没有礼貌，而且还没有门牙。这倒也不会让我成为十足的疯子。让人成为疯子的因素可以有很多，比如成天推着超市购物车四处游荡。我不想针对任何人，不过脑子不太正常的人一般容易推着购物车。

这主意不错，我也该找个购物车推推。我没有手提包，经常随手把东西放到裤兜里。也许推购物车很好玩。我还可以在里面放好多东西。别人该问了："你刚从超市出来？"我会说："才没有，你傻呀，这是我的带轮手提包。"我这么叫它——带轮手提包，或者简称 POW。不行，这是战犯的缩写，

容易让人误以为我推着战犯游行。也许可以加个符号让它看着不像,比如POW!不过我车里恐怕塞不下这么大的带轮手提包,哎!

　　Hola,这是西班牙语里的你好。我就知道能想起来。看吧,我不傻。我只不过又自言自语了。

浪漫：一个短篇小故事

在史密斯飞船乐队的重返歌坛巡回演唱会上，莱万和柏丽达一瞬间就被对方深深吸引住了。他们相见恨晚。他们去了柏丽达的家，因为她住得比较近。两人紧紧相拥。这是个错误吗？还是命中注定？他们依偎在壁炉旁，他的手放在她大腿上，倾诉着他们的未来。然后他俩搞了一夜。

梦

　　我对别人的梦很感兴趣。不是"我长大了想当飞行员"的那种梦，那些很傻很无聊。我指的是你每晚睡觉做的那种梦。还或者——我不想忘了任何人——如果你是只猫头鹰，那么就是你白天睡觉梦到的那些。

　　梦是我们的潜意识思维。不知道你怎么想，反正我觉得挺恐怖。我的潜意识究竟在想什么，竟然能让我梦到自己是一个织布工，跟杰米·李·柯蒂斯、三只狮子还有科米蛙一起住在阿尔伯克基，美国新墨西哥州某处。算了，我不想知道。

　　我才意识到，刚才我强迫你听完我描述我的梦。每当朋友让我听他们梦到什么的时候我都觉得很烦、很无奈,所以我尽量不给别人讲我的梦。我知道你也做很奇怪的梦,需要解析,所以我不会把我的强加给你。

不过我昨晚的梦里有你,所以你得听听。我知道有点邪门,不过你确实出现在我的梦里。你,对,就是你。不要回头看,我说的正是你,我亲爱的读者朋友。我梦见咱俩在德国和教皇还有肯德基招牌形象桑德斯上校一起滑冰。邪门吧?我不知道他俩是怎么混到一起的,反正桑德斯上校滑得不怎么样,他一直摔跤。教皇玩得很专业——不停绕八字,水平高得都能参加奥运会了。我问他愿不愿意来加入我的冰球队,梦里我在冰球队里。这让人很吃惊,现实生活中我连场子都没下过。倒不是因为我不会滑冰,主要还是我怕冷。不过我确实也不会滑冰。

教皇说他挺愿意加入我的球队,但老实说,我能感觉他明显是在应付我。不过我能理解,人家毕竟是教皇。

　　总之，我当时发现你嘴边粘着一绺泡菜，我说："你嘴边粘着一绺泡菜。"你说："在这儿吗？"我说："不是，另外那边。"你想用舌头把它舔下来，但是当你伸出舌头的时候，舌头突然变得有三英寸那么长。然后，然后你化身为一只科莫多巨蜥，就是那种离日本很近的岛上才有的巨蜥。我琢磨着："这下好了，我怎么才能把冰鞋脱下来还给人家。"它是租来的，我花了十块钱付押金。我不确定你到底是我的大蜥蜴朋友，还是只是大蜥蜴——顺便科普一下，这种蜥蜴有毒，而且尾巴很长。我喊了一声"贝琪"，想确认你知不知道自己是条大蜥蜴。我想如果你还是贝琪，你应该能用语言交流，尽管舌头是那样的。

　　接下来，你不会相信发生了什么。你没有回答我，而是开始唱歌。你站起身来，靠尾巴平衡，然后跳起百老汇音乐剧。伊索摩曼突然现身跟你一起唱。你们唱完后，一大群人围过来，大家鼓掌喝彩。这些人说："这只蜥蜴可真会唱歌。"我说：

"是啊,她叫贝琪,是我朋友。"我太为你感到骄傲了。你连忙给大家鞠躬,弯腰的时候尾巴还不小心打到伊索摩曼。不过她对你的演出很是满意,所以也就懒得和你计较了。

两秒钟之后我们回到美国,来到 1990 年代的《寻星秀》上。你还是以巨蜥出场,我为你量身定制了特别的袍子,这样你的尾巴就可以露出来了,为这还花了不少钱。你在艾德麦克马洪面前唱歌有些紧张,因为你太崇拜他了。不过你唱得相当不错,得到 2 3/4 颗星。只可惜最后你输给了 Journey(美国一支摇滚乐队名)。

看你伤心欲绝,我把你带到酒吧,点了几杯鸡尾酒。咱俩聊得正高兴,过来几个喝醉酒的男人笑话你穿的裙子。我照着他肚子就是一拳,结果我被请出了酒吧。你根本没站出来为我说一句话。你这个贱货! 还算是我姐们吗——咱们一起经历了这么多。你居然还敢买我的书。我希望你后来做手术恢复了人形,估计也是用我当初给你的钱。跟你说话的时候

别走！谁给你打电话？还是短信？是你的新朋友吧？我很好奇你有没有告诉她你过去是只怪兽。我猜她知道真相后肯定不会这么急着带你去机场。

抱歉，我太放肆了，不该这么对你。那只是一个梦，而且很明显，我对爬行动物的抵触心理跟你丝毫没有关系。我真高兴你买下我这本书。希望你在接下来的几章尽兴阅读，估计不会再提到你了。顺便说一句，你变成人以后好看多了，用的是哪种护肤品？

真的⋯⋯逗你玩

写这本书的最大挑战就是给书起名字。一本书不能没有名字。真的不可以,我咨询过了,而且还需要一个好名字,因为你要靠它吸引读者,给读者留下一个好的印象。

这是我写的第三本书。给这本书起名尤其困难,因为我已经费尽脑汁把最好的两个书名用在其他两本书上了,《我要说⋯⋯我有事要说》和《有趣的是⋯⋯》。(不如来个全套,把它们摆在所有卖书的地方。)

为了帮助起名,我特意搜了搜畅销书排行榜,看看过去的那些成功案例。一开始我考虑,要么就叫《一辈子做女孩 2》

或者《哈利波特和暮色王三部曲》，或者《性爱的喜悦之2：更多喜悦》。我律师说不能用以上任何一个，因为牵扯到"侵权"。这样也好，因为我一提笔写《性爱的喜悦之2》就感到浑身不自在。

最终我还是决定用《真的……逗你玩》，因为说正经的……我确实是在逗乐子。(你会发现，我每本书的书名都会有"……"，这回我本不想用"……"的，就叫《真的,逗你玩》，或者《真的？逗你玩》或者《真的,%逗你玩》，但我还是希望这本书能和其他两本在风格上保持一致。我非常喜欢保持一致的风格，也很喜欢喝红菜汁。)

我是个喜剧家，所以大家都习惯了我时常开玩笑逗乐子。就算我认真了，也总会有人以为我还在开玩笑。去看医生或者牙医的时候，这种情况会让人很无奈。我会说："你胳膊肘都快伸进我嗓子眼儿里了。"或者："我大概需要再来点局麻。"然后清洁牙齿的大夫会狂笑不止，仿佛我说了句她这辈子听到最好笑的事。

很多人开过玩笑后还要再次澄清一下刚刚是在开玩笑。基本上这种情况会发生在你把别人惹急了之后,譬如:"下雨的话我们都可以到你头底下遮雨了! 我开玩笑的。你的刘海很好看。真的⋯⋯刚才我那是逗你玩呢。"给你一个专业建议:需要澄清的玩笑话肯定不会太好笑。

我本人也很喜欢这本书的名字,因为它提醒了我,其实人们说话经常很矛盾。该做决定了:"我想去看那个演出吗?可能想吧。"有人讲了个精彩的故事后,我们会说:"得了吧你! 那然后呢?"有一次我为了给朋友一个惊喜,未应邀就出现在某个派对里,她看到我连忙大叫:"我去你的! 赶快过来这边!"弄得我都不知如何是好了。

"众所周知的秘密","高兴死了"。有时候我们感伤的时候却大笑出来,有时你本来感觉是个错误,它却往往是正确

的。我的意思是,我经常不知道大家到底是什么意思。

　　不知道怎么在认真的同时还能逗乐子。但我很认真地希望各位喜爱这本《真的……逗你玩》。把它借给别人看,推荐给你的朋友们,给你妈或婆婆也买一本,万一她自己抠得买不起。不,我只是开个玩笑。请不要告诉她我说了什么。刚刚只不过是句玩笑话,真的……我逗你玩。

真的……逗你玩

最后一章

终于还是来到了这段旅程的终点。一路疯狂下来，我跟你聊得很愉快。希望从这段经历中我们都增进了对彼此的了解。我肯定是更加清楚你的底细了，我一直没告诉你书里提前安装了随书的隐形摄像头。

凡事有始有终，那么最后，在散伙之前，我在这里给大家做最后一次总结。我为大家准备了下面这段告别词：开心点。在法律允许的条件下让自己活得开心。做些让你感觉自豪骄傲的事。基本上什么都可以，说得出就去做。

对世界做出贡献，帮助他人。哪怕帮助一个人也好，今天

就去做这件事。别人问路的时候一定要积极一点,除非你是路盲。帮助试图帮助你的人。总之去帮助他人,让别人知道你关心他们,不要拒绝,说点好听的,微笑,眼神接触,拥抱,亲吻,脱光。

大笑,不停地大笑,笑到你想哭,哭完再笑。继续保持,就算路人说:"我看不出那人在哭在笑,总之看起来有点毛病。咱们赶紧走。"表情夸张些,没关系的,这样才能显出你在思考、在感受。

找到自己,找到信仰。尽管你的信仰与全家人、与你的隔壁邻居背道而驰,那也要坚守自己的信念。有自己的主见,别太在意其他人怎么说或怎么想。让反对你的人继续反对下去,总有一天他们会累的。

我不想对你评头论足,但有些事的确对我帮助很大。我相信,如果大家都用心去尝试改变这个世界,就算是再微小的力量，我们也可以使自己变得更加健康快乐。如果再努努力，我们甚至可以做更大的事。我知道没被子盖的时候大家会失去信心，不过我认为我们都可以做得更好。

感谢大家购买、下载、借、阅读、听这本书，并且在这一旅途中一直伴我同行。不论是否在你喝咖啡或者玩沙子的时候把书弄脏了，甚至把书丢在了火车上，总之我很开心能够与你一起共同分享这段时光，并且期待未来更加美好。

哎哟，你牙上好像有东西哦……还有……好，这回掉了。

终结。

译后记

　　艾伦是美国众所周知的同性恋脱口秀节目主持人，是电视荧幕前的熟悉面孔。前不久她在 twitter 上传的照片打破了由美国总统奥巴马创下的转发次数最多的记录。因为这件事她再次引发了不止是国人的关注，还包括了许多其他国家的人的关注。大家都想更进一步了解这么一个有趣的人。她就是艾伦，新一代女性的代表，向来敢说敢做，直言不讳。艾伦之前还曾经出过三本书，也都是类似的随笔风格，还曾多次主持过格莱美、艾美、奥斯卡等大型颁奖典礼。

　　艾伦的父母在她很小的时候就分开了。为了使母亲开心，艾伦总是想法设法说些开心的事逗她笑。家庭的不幸似平倒给了她一个从小锻炼的机会。1997 年,在自己出演的电视剧前,艾伦向观众公布了自己身为同性恋的事实。这一举动给她当时的事业带来了一次不小的、灾难性的冲击。几年里,没有人再愿意找她合作。她只能自己振作起来,熬过了那段艰难的日子。后来人们逐渐再次接受了她,也看到了她的成绩。于是,她重返舞台——她一直热爱的脱口秀舞台。

　　这本书收集了她的很多短篇随笔,其中包括了各式各样的话题,都是非常有趣的段子。在引人思考的同时,艾伦同样是在用心跟读者交流。作者笔锋随意,整本书透着轻松幽默的风格。有些事每天在每个人不经意的时候与我们擦肩而过,艾伦细致地捕捉到了许多这样的生活气息。她的文章既是引人发笑的调侃,又能让人常常有所感悟。还有一些值得大家思考的社会问题也被轻松带出,被诠释得非常到位。我很欣赏她独特的思维方式。这是一个才华横溢,敏感而富有智慧的女人。她作风强势,却也不失可爱。

　　在整个翻译过程中，我的确遇到不少困难。最典型的就是美国人讲的一些笑话，是身在其他环境里的人不那么轻易理解的。这在每一个文化里都是一样。英文里还包括一些中国人平时用不到的口头语。由于种种文化差异，我偶尔感觉表达手法难以拿捏。但文化之间毕竟还是相通的。当一种惯有的方式行不通的时候，我就会去尝试用另一种可以被接受的方式来表达。如此一来，也许读者就能比较明白了。因为有一些国外的生活经历，我对艾伦想要表达的意思还是比较了解的。但毕竟缺乏经验，我能做到的就是在尽力保留作者原意的同时使文章读起来尽可能顺畅。希望书中精彩的内容可以掩盖我翻译工作中的不足之处，也愿读者也能在阅读中跟我共同拥有片刻的享受。

译　者

2014 年 5 月

真的……逗你玩